朝野遗事

神州轶闻录

冯大彪题

周简段 著

冯大彪 主编

新星出版社 NEW STAR PRESS

总序一

让我为《神州轶闻录》这部很有分量的丛书作序，使我惶恐！虽然在我九十年的岁月中，七十年是住在北京的：我住过"天棚鱼缸石榴树"的四合院，从西直门骑驴到过卧佛寺，吃过赛梨的萝卜和糖葫芦……但是看起《神州轶闻录》，那几卷里的掌故、风土、艺文、名胜、人情等，大都是我所不知道的。首次到北京的外国朋友和国外华侨，往往问我："你是老北京，请你告诉我逛北京要如何逛法？"我居然大言不惭地说："你首先要去的是天坛公园，那座祈年殿，是我觉得在欧、美、亚、非的任何建筑，都不能与她相比的；再就是去登上景山之巅，俯看北京城全景，故宫的设计也全看到了。此外去吃顿全聚德的烤鸭、东来顺的涮羊肉。其他就是我认为可去可不去的地方，你再听听别人的意见吧。"

我自1980年伤腿之后，不良于行，新北京的建筑，我都没有看见过，但这不是古迹，也不在我们谈话之列了。

我所能写的，就是这些。

冰　心

1991年2月26日

总序二

我顶怵写序，怕没话找活，空空洞洞，所以我轻易不答应给人写序。唯独对周简段先生（我没见过这位，所以不便加个“老”字儿）的《神州轶闻录》，我不能推辞。一则是我翻阅了曾在香港出的五辑选本，简直叫人拿起来放不下，实在有看头儿，二则一沾北京的边儿，我就不好意思溜掉。在下到底是在这儿土生土长的呀。

我出生在东直门羊倌胡同，中小学都是在安定门大三条上的。最后，又在海淀戴了下学士帽儿——就是那种挂着穗子的黑绸方帽。刨去跟学校春游到过一趟南口，十八岁前我就没出过城圈儿。可后来当上了记者，就跑起江湖来啦。不但国内，连大半个地球都跑遍了。可是不论漂到哪儿，我怎么也忘不了我的老北京。

这着实是块宝地。不但历史悠久，掌故丰富，城里城外满是名胜古迹，而且叫人怀念的，是在这里活动过的非凡人物。北京城要是座五光十色的舞台，那么更叫座的当然是在这里驰骋过的显赫角色。那真是三教九流，行行出状元。这里有纵横捭阖的政客，也有学贯中西的学者，有书画名家，也有名噪一时的曲艺泰斗，以至身怀绝技的武术大师。《名人辞典》只能告诉你这些人物的官职履历，这本《神州轶闻录》却能通过遗闻轶事，活灵活现地描绘出他们的精神面貌。

不论是对像我这样怀念老北京，一心希望重温一下故都旧梦的老年人，还是对那些急于了解昨天的青年人来说，这都是一套可心的书，可以放在枕边或揣在旅行包里随身携带的好书。篇幅都不长，既能解闷儿又长知识，必然会越看越有滋味儿。

萧　乾

1990年7月10日

总序三

“文化”是一个很大的词儿，而本书中所选的文章却是短而又短，几乎都是身边琐事，细碎平淡，小到不能再小了。这与“文化”不是有很大的矛盾吗？

我认为，关键在于如何看待文化。

我们语言中有许多最常见的词儿，一看便明白，一问便糊涂。“文化”就属于这一类。一提到“文化”，谁不明白呢？然而，为什么据说世界各国学者对“文化”下的定义竟有五六百种之多，而且谁也说服不了谁呢？个中消息，耐人寻味。这就充分说明，“文化”是根本没有法子下定义的。

然而，我们用不着为此伤心失望。我们生活，我们读书，绝不是遵守某一个定义的。尽管学者用心良苦，下定义煞费精神，我们可以置之不理而心安理得地按照自己的常识去理解文化。

如果你同意我这个看法的话，那么你就会在本书所有的文章中发现文化。本书共分五个部分，哪一部分里没有文化呢？各文中所讲的故事，都看似烦琐细碎，平淡无奇；如果你愿意当作“闲书”来看，仅供茶余酒后消遣之用，从中寻求那么一点点儿小小的乐趣，你有这个权利，我也表示赞同。因为，不管这点乐趣多么渺小，它也能让你去除精神和体力的疲惫，重新抖擞精神，投入人生的或大或小的事业的搏斗中去。贤于博弈多矣。

然而，哲学家们常说：于一滴水中见大海，于一粒沙中见宇宙。难道在我们这些小的文章中不能见到大的文化吗？所有这一些戏曲、文玩、学府逸事等，又哪一个与文化无关呢？只不过在这里谈文化，不是峨冠博带，威仪俨然，不是高头讲章，而是涉笔成趣，理路天成，于琐细中见精神，于微末处见全面，让你读了以后，如食橄榄，回味无穷，陶冶性灵，增长见识。这种精神的享受，是别的文章无法代替的。难道不是这样子吗？

我就是本着这一点小小的想法，写了这一篇小序。

季羡林

1991年6月23日

序

因创作关系，我比较喜爱历史题材，尤其是民国时期的人与事。因为我觉得近现代的历史，最纷纭复杂的，当属明末清初和清末民初两个阶段。

明朝末年，朱氏王朝大厦将倾，崇祯虽想力挽狂澜，但因朽木不可雕。加之崇祯刚愎自用、性情多疑、用人不当，最后落了个杀妻灭女、煤山自尽的结局。而就在这一年——1644年黑色甲申之年，又灾祸连连，地震暴发、李自成在北京武英殿登基称帝。之后李自成又因胜利冲昏头脑而鞭苔官吏、自相残杀，致使大顺政权成了历史上最短命的王朝。与此同时，清兵乘机借道入关。之后，清政府颁布“留发不留头”的法令、平定“三藩”、大兴“文字狱”以及南明小朝廷的花天酒地、勾心斗角等等，等等，真可谓风云乱世，世事纷繁。

及至民国之初，也是如此。自1912年民国初立，到1927年蒋介石上台，英雄四起，豪强称霸，连同土匪、流氓、恶棍竞相登场。短短的十六年里，总统、总理、执政等，像走马灯似的换来换去，其中的故事自然也是浩如烟海。

《朝野遗事》一书的作者，仿佛驾一叶之扁舟，在这烟海中自由地漂浮游弋，又仿佛一位游泳健将在这里畅游击水、玩耍嬉戏，所闻所见、政坛轶闻、名人趣事，信手拈来，均成妙笔。茶余饭后看了让人增长知识之余，平添许多感慨与思考。

我虽热衷于民国题材，喜欢看一些名人传记类的杂书，但对《朝野遗事》中之很多掌故却是知之不详。今汗毛充栋，忝作序言，有幸先睹此书，也是一大快事。

赵云声

2005年12月

目录

宫闱密闻

1

政坛旧事

政坛旧事

77

社会杂闻 195

皇帝剃头和臣民剃头

清军入北京后，发布了“剃发令”，提出“留头不留发，留发不留头”，强令理发匠巡游街市，见蓄长发的人即强迫剃去，如不从命，立即杀头，并将头颅示众。在反剃发斗争中，出现了许多可歌可泣的故事。当年江阴百姓听到“剃发令”后，先向知县请愿，知县不答应，反而骂群众，于是百姓们把知县抓起来，坚决抗清。嘉定人民在反剃发斗争中坚持了四个月，被杀两万人，最后失败。从此，中国男人脑后统统留起了长辫子，把前额剃光。这种发式，一直存在了二百多年。

相传，雍正皇帝头上有不少疮疤，给他剃发的许多“待诏”免不了碰破疮疤，于是被定为欺君之罪，掉了脑袋。结果，弄得皇宫内的“待诏”不死即逃，再也没有人敢给雍正剃发了。后来，太监们到皇宫外面去寻找剃头匠。这些奉旨进宫的理发匠也一个个有去无回。

雍正五年（1728）正月十六,一个姓罗的道士毛遂自荐，主动到宫中为雍正剃发。罗道士的技艺高人一筹，他先用浸泡过草药的温水给雍正洗头，然后用剪子剪头发，疮疤外露后，再用剃刀在疮疤之间慢慢地剃。由于罗道士在草药里用了麻沸散，所以剃头时雍正一点儿也不觉得痛。结果龙颜大悦，雍正亲自赐给罗道士一碗莲子汤。之后，罗道士将自己使用的剃发工具和剃发技术毫无保留地传给了其他人，这才保住了这些人的性命。

乾隆皇帝也在头发问题上做过文章。那是在他的老婆孝贤皇后死后，按清制全国百日之内不得理发。可是百日时间太长，有的大臣便偷偷理了发。有一位名叫塞楞额的督抚，在孝贤皇后死后二十七天就理了发。乾隆皇帝知道此事后，立即将他革职，最后赐以自尽。

慈禧太后虽然无须剃头，她却极为爱惜自己的头发。她曾不惜用一百多两黄金打造了一个发塔，专门用来保存她的头发。这样，轮着谁在慈禧太后跟前站班或给她梳头发，谁就得提心吊胆。有一次，某太监为慈禧梳头。梳完后梳子上有一根头发，这太监不由心惊肉跳，想悄悄把头发藏起来。不料他的举动被慈禧从镜子里看到了，这太监因而挨了板子。

民国之后，人们纷纷剪辫易服。但清朝皇室及旗籍人员依然如故，他们想方设法制造种种借口，阻止剪辫。后来，末代皇帝溥仪在英文教师庄士敦的劝说下，也觉得中国男子脑后拖条“驴尾巴”似的辫子不甚雅观，终于下决心把自己的辫子剪了。“皇上爷”的辫子一剪，没有几天工夫，紫禁城内男人的辫子都不见了，最后只剩下几个内务府大臣还留着辫子，他们带着“大清帝国子民”的最后一点印迹进了棺材。

吕四娘复仇杀雍正

1735年8月23日，为了加强思想统治与君主专制而屡屡杀人的雍正皇帝，在其大事扩建以供“御以听政”（语出雍正《圆明园记》）的圆明园内暴崩。雍正在位十三年，享年仅五十七岁。其墓葬在河北易县泰陵地宫。

雍正被小脚吕四娘削首之异闻，历时二百余年，迄今仍流传于民间，为京城野叟津津乐道。盖因正史未载其死因，加之生前大兴吕留良文字狱，故有吕四娘刺雍正以雪家仇之说，并披上了浓厚的传奇色彩。

吕留良者，乃明清之际思想家。明亡后，他散家财结友，图谋复兴，著书多种族之感，誓不仕清室。事败后削发为僧，法号耐可。雍正六年（1729），深受吕留良思想影响的湖南学者曾静，为反清复明而遣其弟子张熙化名张倬入陕，投书川陕总督岳钟琪（岳飞后裔），劝其同谋举义。旋被告发下狱，供词涉及吕留良有关“论夷夏之防”与“井田封建”等言论，以及雍正即位等宫中情况。雍正由是而知自己改诏夺位之事已流传甚广，遂十下严旨，刊为《大义觉迷录》，为己辩护，并剖棺戮吕留良尸，焚毁其著作，将其满门抄斩。吕留良之子吕葆中时为翰林院编修，虽颇有才气，亦在劫难逃。于是汉人之义愤大起，而雍正被刺之祸根亦因此而种下。

吕氏门中唯一幸免于难者，即留良之孙女吕四娘也。因其远离浙江崇德家乡，寄居安徽乳媪家，故躲过劫难。吕氏家门罹难时，四娘尚在弱龄（年仅十三岁），闻噩耗后悲泪如雨，愤心大发，遂潜藏习武以图报仇雪恨。因天意安排，她幸遇剑侠甘凤池，得其三昧而如愿以偿。

剑侠甘凤池，江宁（今南京市）人，少以勇闻，康熙年间曾官某王府。甘凤池力能扛鼎，与人角逐辄胜；手能破坚，握铅锡辄化为水；剑法尤精，轻功亦出众。中年以后，甘凤池与诸多草莽英雄过从，擅长暗杀，贪官污吏及奸宄无不闻风丧胆。雍正帝亦为其出没无常而惴惴不安，虽竭力搜捕而不能止。甘凤池年八十余寿终正寝于乡里，堪称一代英雄。

吕四娘拜甘凤池为师后，潜心研习剑术并飞檐走壁之轻功。数年后技艺炉火纯青，度无劲敌，遂辞别恩师进京。她潜入圆明园之乾元宫，以迅雷不及掩耳之势刺死雍正，速提首级隐遁。据雍正心腹——保和殿大学士、兵部尚书兼军机大臣鄂尔泰所撰《西林遗稿》云，雍正驾崩的那天上午，“尚视朝如恒，并无所苦。午后忽召入宫，外间已喧传暴崩之耗矣”。由此可证被刺之说或不误矣。

雍正被刺之前数月，已有征兆。其御驾赴天坛祭祀时，即有坛前所张黄幕突然断裂之异常现象。卫士疑为刺客，纷趋救护圣驾。雍正因此而大惧，防卫甚严，数日寝食不安，乃下令缉捕剑客。虽用心良苦，仍难免丧生也。

格格下嫁孔府衍圣公

曲阜孔府又称衍圣公府，虽然历朝历代都受朝廷厚待，但府中孔子后人的生活并非人人幸福美满、尽如人意，七十二代衍圣公孔宪培的婚姻就是一例。

按照清王朝的律法，满汉不许通婚。可是，乾隆皇帝有个女儿偏偏不信这个邪。从小娇生惯养、盛气凌人的公主，待嫁之年非要找个汉族郎君不可。这一下可难坏了文武百官。眼看着格格眉头终日不展，饮食锐减，视格格为心肝宝贝的乾隆召来了心腹大臣——中堂大夫于敏中。于中堂奏本道："格格下嫁异族，不合大清律典。如将格格寄养汉族官员家中，以汉族义女名义通婚，就完全合理合法了！"乾隆一听，正合其意，说："于爱卿，朕欲让格格认你为义父，如何？"于敏中眼见皇帝对自己如此信任、厚爱，急忙跪谢道："圣恩浩荡，卑臣不胜荣幸，恭敬不如从命！"就这样，乾隆之女成了于中堂义女，取得了与汉族男子通婚的"合法"资格。

皇帝女儿要和谁家结亲呢？据懂相面术的媒婆说，公主欲要得到幸福美满的婚姻，必须“孔雀东南飞”，才能“白头偕老至岁百”。此语一出，满朝文武大臣众口一词，只有地处京华东南方向的曲阜衍圣公府最合适。乾隆曰：“此论正合朕意。”乃派人飞马通报孔府。

七十一代衍圣公孔昭焕闻听当今皇上欲来结亲，虽说诚惶诚恐，但也有求之不得之意。

于是，未等其子孔宪培表态，便自作主张，答应了这门亲事。其实，孔宪培自幼博览群书，在爱情观念上强烈反对只顾门当户对，而忽视男女之间真正爱情的传统思想。既然其父已经答应亲事，自己也不好执意违抗。他的想法是，慢慢与格格亲近，在生活中逐渐培养与格格的真正爱情。就这样，乾隆女儿以于中堂义女之名嫁到了孔府。

按理说，即使是皇帝的女儿，如果成为平民百姓的儿媳妇，那也得放下架子，像普通新媳妇一样，上孝敬父母，左右团结小叔、小姑、妯娌，敬长爱幼，礼行孝悌。这位格格却不然，自恃是皇帝的女儿，俨然以高人一等之势凌驾于孔府众人之上。更可笑的是她处理夫妻关系的态度，她从不把丈夫视为与自己平等相处的伴侣，而把丈夫当作可以任意指使的臣民。

丈夫与她对话、交往、相居，事先必须一跪三叩行礼，只准俯首帖耳听命，不准有任何异议。夫妻关系成了这种尴尬荒唐局面，还有何幸福可言。

孔宪培的愿望破灭了。这桩门当户对的婚姻未给他带来一丝一毫的欢乐和幸福，只给他留下了无法摆脱的沉重的烦恼和痛苦。每天他必须违心地按格格的命令行事，逆来顺受地维持着与格格名存实亡的夫妻关系。格格不准孔宪培另娶，更不准他纳妾，另有所爱。孔宪培婚后无子无女，三十八岁便早逝。由此不难判断出他婚后精神上所承受的痛苦折磨。

为慈禧开火车的人

慈禧太后当年确实坐过火车，这在历史上有记载。那是在光绪二十八年（1902）清明时节，慈禧太后决定到奉天（今辽宁省沈阳市）走一走，顺便到东陵和故宫看一看，而且决定坐火车。

这列从国外购进的“御用列车”一共挂了十六节车厢，全部漆成黄色，因为黄色是皇家专用的颜色。由谁来驾驶列车呢？李鸿章与清政府铁路督办盛宣怀经过一番周密的安排和挑选，最后选定了一个叫张美的火车司机。张美是河北省宁河县（今属天津市）人，是我国第一代火车司机，驾驶水平较高。

临开车前，铁路督办盛宣怀特地召见张美，对他说：“你这次开火车送皇太后去奉天祭陵，万万不可有半点闪失。否则，不但你的全家性命，就连我的身家性命与前程，也全都包在你身上了。”张美闻之，深感事关重大，应允一定把车开好。二人说毕，盛宣怀遂将慈禧赐的黄马褂一件、朝靴一双交给张美。最后，又郑重地嘱咐："皇太后恩准你一人坐着开车，其余工役等人一律半跪操作。"慈禧太后有个恶习，就是每当她驾临一个地方，第一个入内的必须是她自己。如果已有人在里边，此人必须先行退出，待她入内坐定后那人方可进入。这次慈禧上专列前，车上所有工役全部被赶了下来，唯有正司机张美可以端坐在驾驶室内，随时听令开动机车。

20世纪初年的火车还比较简陋，制动装置只有机车才有，而每节车厢均无刹车设备，列车的开停、快慢、冲坡下坡以及紧急情况的处理全凭司机的经验与技术。要开好这列专车，实在不容易！列车启动后，为了保持平稳，张美叮嘱司炉工努力加煤、烧火，务使机车炉膛里始终保持着四十磅气压。然而，这样做又是非常危险的。因为在当时，这四十磅气压是个极限，如果再超过一点儿，就可能导致炉膛爆炸。但反过来，如果气压不足四十磅，列车就很难保持平衡。张美是拎着全家人的脑袋，在生死攸关的情况下开这列专车啊。从北京到奉天，按照常规，一天一夜足矣，而这次足足走了三天三夜。返回时，慈禧归心似箭，她连连催促张美加速。张美不敢违抗，凭着高超的驾驶技术，把车速提到最高点，仅用一天时间就平安地返回北京永定门车站。

奉天之行，慈禧高兴至极，她传谕：司机操纵平稳，车上摆设的古玩珠宝无一震动，赐司机张美白银三百两，并封官加爵。然而，张美不愿做官，他辞别慈禧，回到铁路依然去做司机。几年以后，我国第一台蒸汽机车试制成功，第一个开车的任务自然又落到张美身上。他终于开上了中国人自己的火车。

卡尔女士为慈禧画像

慈禧曾说过：只要我活着，总不许学外国。其实，她这话是说给别人听的，而她自己，不但使用洋货，还请来洋画师为她画像。

按中国古代习惯，人死后才画像，以供后代祭祀之用。乾隆皇帝之母孝圣宪皇太后就是死后才“恭绘圣容”的。故当美国公使康格的夫人进宫推荐卡尔女士为慈禧画像并要送画像往圣路易斯赛会供瞻仰时，慈禧虽然认为是一个大好机会，但没有一口答应下来，而是批转庆亲王酌办。其实，她早已安排好了。

慈禧过夏天照例是在颐和园住的。光绪二十九年（1903）六月十五日，慈禧下令让卡尔女士住到靠近颐和园的醇亲王花园，以便随时入园为自己画像。六月十四日晚上，年近七十的慈禧为了第二天“精神好些”，特意提早入睡了。次日，她换了一件周身绣有紫色牡丹的衣服，肩披一块寿字嵌珠的花巾，头上一边戴的是玉蝴蝶，一边戴的是鲜花，手上带着玉钏和玉护指。她和卡尔女士在乐寿堂不拘礼节地相见之后，便坐在宝座上开始画像。

慈禧稍久坐就感到疲劳，只坐了十分钟便不耐烦了。后来，凡是画衣服和首饰时，就由裕庚的女儿容龄和德龄穿戴好替她坐在那里，到画面孔时，她自己再坐。就这样，到了七八月间，她终于厌烦了，不断抱怨，说画像太慢了，要是中国画家，看一次就能画了，我真是坐够了。更为可笑的是，对西洋绘画一窍不通的慈禧，当看到把珍珠画成白、青、淡红等不同颜色时，即断定画的不对，说珠子的颜色原本是白的，怎能画成青的和红的？卡尔女士解释说，那是光线反射的结果。但慈禧仍固执己见，说，我不管反射不反射，只知道珠子是白的。无奈，画师只好按她说的办。

第二年春天，画像即将完工。在钦定的日子，慈禧亲自验收。当她发现画像脸上一边黑一边白时很不高兴，当即传令卡尔女士改成一样的颜色。尽管卡尔女士竭力争辩，但慈禧不肯让步，最后仍不得不进行改动。定稿后，卡尔女士在画像下面签上了自己的名字，慈禧认为“外国人做事太稀奇，不可思议”。

尽管慈禧对画像有诸多不满和迷惑，在中秋节时，她还是让总管太监李莲英将菜八品、点心四品转送卡尔女士；年末又赏其花、普洱茶、吃食等；后又派外务部大臣亲自到美国使馆赠送卡尔女士宝星一座、绸缎八匹和价值一万二千两的银票一张。在一些公开场合下，她也常赞誉卡尔女士“颇有才能，善于绘事”。

在将近一年的时间里，卡尔女士共为慈禧画了四张画像。其中一幅经装饰后，由外务部专程寄往美国圣路易斯市参加赛会。赛会结束后，画像由参赞官户部主事将画像运抵华盛顿。这幅慈禧画像由美国国家博物馆收藏。

崔玉贵谈珍妃之死

孩提之时，常到鼓楼广庆轩茶馆听说评书。广庆轩茶馆位于什刹海东岸，义溜胡同路北，里面十几张八仙桌，能坐百十来人。屋子宽敞豁亮，前面有个小台，台旁挂着一副木刻对联，上联是“言易招尤且谈风月”，下联是“客多知己不着衣冠”。听客们一边喝着茶一边海阔天空地闲聊，说什么的都有。只有当说书的一拍醒木，听客们才从喧闹中安静下来。

这里的听客非同小可，有一些颇有名的人物。如一度准备继承帝位的大阿哥溥儁（人们戏称他“万岁爷”）、当过前清步军统领的江朝宗、著名画家溥心畬、末科状元刘春霖等。茶馆西头的桌子常常围着几位老人，他们穿着长袍，腰里束着褡裢，有时穿着坎肩，这是从娘娘庙来的几位太监，大家有时就叫他们“公公”。清朝倒台以后，太监散落四方，住在娘娘庙的太监都是比较有钱的，所以他们能够常来听说评书。其中有位六十多岁、个子较高的老人比较引人注意，他叫崔玉贵。后来我听说他原名崔玉玺，进宫后“玺”字犯忌，就改名崔玉贵。他是慈禧身边一名炙手可热的大太监。

一天，在开书之前，大家正闲聊天时，忽然有人点名要崔玉贵讲讲珍妃落井的故事，他就讲起来了。

1900年6月，八国联军进攻天津。马玉昆率清兵与八国联军作战，节节溃败。慈禧在乐寿堂闻报后，无可奈何问计于左右，但没有一个人敢说话。慈禧沉思良久，命人传珍妃来见。珍妃来后，慈禧厉声说道:“现在江山已失大半，这都是由你身上所起。”痛骂珍妃一阵，接着说:“总有一天，我让你给我死。”珍妃说:“随便办好了。”

7月19日，八国联军进攻天津齐化门外八里桥，战况更趋紧急。慈禧急命太监崔玉贵、唐冠卿各带四十名洋枪手，一队守景和门，一队守乐寿堂。下午，慈禧去景和门找崔玉贵，低声细语吩咐几句后，转回乐寿堂。不一会儿，慈禧又从乐寿堂北门走出，沿着西边贴墙的游廊向北走去，并命唐冠卿就在颐和轩廊上等候，不许有人偷看，违者处死。慈禧说毕，经景祺阁西边小门走进西跨院，一人坐在南小屋石阶上，脸上浮现阴森凶悍之色。这时崔玉贵引珍妃也来到这里。珍妃跪在慈禧面前，慈禧劈头就说:“义和拳捣乱，洋人进京，怎么办？干脆我们娘俩跳井吧！”珍妃哀求慈禧，说自己没犯重大罪过。慈禧说:“不管有没有罪，难道留我们在这儿，让洋人下毒手吗？

你先下去，我也下去。”崔玉贵在旁向珍妃道：“请主儿遵旨吧！”珍妃说：“怎么你也逼我！”崔玉贵阴险地笑着说：“主儿先下去，我还下去呢！”珍妃把脸一沉道：“你也配！”慈禧厉声向崔玉贵喝道：“把她扔下去！”崔玉贵还没等慈禧说完，猛一弯腰，左右两手一前一后把珍妃倒抱起来，扔下井去。慈禧站起身来，由崔玉贵搀扶，又回乐寿堂去了。

崔玉贵的说法是非常重要的。后来我看很多小说、戏剧都说珍妃拥护光绪维新变法，直到慈禧西逃时，她还劝说慈禧应把光绪皇帝留下和洋人谈判。慈禧要她死时，她不让别人动手，自己勇敢地跳进井里，无疑这是虚构的。有的材料还说，一年后慈禧由西安归来，命人打捞珍妃尸体，捞上来的尸体面目栩栩如生，那更是违反历史真实了。

崔玉贵讲完这个故事后，很多人指着他的鼻子骂起来：“你这老家伙真缺德，你竟敢害死珍妃！”崔玉贵也不示弱说：“老佛爷的旨意，我能违反吗？”霎时茶馆里闹腾起来。这时说评书的醒木拍响了，大家才安静下来。半个多世纪过去了，鼓楼茶馆的印象已经淡忘，唯有崔玉贵说到珍妃之死的情节还深深地印在我的脑海中。

慈禧西逃途中选妃

光绪二十六年（1900）八月十三日，八国联军逼近北京，丧权辱国的慈禧挟持光绪西逃。他们出了神武门，经居庸关，进入河北怀安县。第二天早晨，又沿洪塘河西行，准备到北九仓用膳。

怀安知县张良暹接到“滚单”（通知）后，火速赶到北九仓接驾，并派人杀猪宰羊，置办筵席。慈禧等人进村后，住进张家大院。想起一路上的情景，放声大哭。待御膳上来，又狼吞虎咽地吃了个痛快。这时，光绪皇帝却咽不下饭，他想到离京时的珍妃之死，不禁落下泪来。慈禧看在眼里，想在心上。此时村中鸡不叫狗不吠，慈禧高兴地说：“这个村子鸡不叫狗不吠，真是个太平庄！”从此，北九仓改名太平庄。

在张家大院的隔壁，住着一户姓冀的人家。这家有一姑娘，名叫冀妮子，年方二八，长得十分俊秀，两只大眼非常传神，说起话来悦耳动听。村人逃难在外，她因爹爹病倒在炕，未能远行。冀妮子好奇心重，她老想看看慈禧太后是个啥模样，便悄悄地来到紧靠张家大院的墙边。怎奈墙高人矮看不见，她便踮起脚尖，用手扒住墙头，用足气力正要跳起时，正在张家大院散步的慈禧抬起头来，只见墙上扒着一双指甲长长的秀手，不由自主地惊叫了一声："好一双凤爪！"

侍候在旁的大太监李莲英嘻嘻一笑说："老佛爷好眼力，这可是深山俊鸟啊！"

慈禧高兴地说："去查访查访，把这个贵人给皇上做妃子！"李莲英遵命而去。

冀妮子听见院那边有一男一女说话，便蹑手蹑脚地退了回来，跑回屋里，心中非常不安，生怕要出什么事。

李莲英和县令张良暹来到冀妮子家，宣读了慈禧的懿旨。冀家人如五雷击顶，顿时惊呆了。好一会儿，冀老汉才清醒过来，哀求道："山村民女足不出户，见识少，琴棋书画样样不懂，侍候不了皇上。"县令帮腔说："皇太后选中冀贵人，这是敝县的莫大荣幸，真是皇恩浩荡。"李莲英见状，阴阳怪气地说："老汉，这可是打着灯笼也找不到的美事啊！"冀妮子一家却哭成一团。

李莲英回去禀告了慈禧，又去转告光绪。光绪皇帝眉头紧锁，一口拒绝："国难当头，我不纳妃！"

李莲英阴着脸说："老佛爷的懿旨，谁敢违呀！"接着，慈禧命令李莲英送去订婚礼物——一把七星宝剑。并责成县令给贵人修好行宫，等日后皇上回宫，择日迎娶。

可是，光绪二十七年（1901）十月六日，西逃一年又两个月的慈禧自西安回京后，又过上了餐餐都是一百多道菜的奢侈生活，早把塞外那个冀妮子忘得一干二净。

可怜的冀妮子，因是钦定的妃子，无人敢娶，一直过着孤独的生活。她忧郁成疾，五十而卒，埋葬在冀家坟边。

慈禧的侍从女官

裕德龄、裕容龄姐妹曾做过慈禧太后的侍从女官，在皇宫内生活两年之久。

皇宫里服侍慈禧的，除太监、宫女外，还有八个女官。这八个女官全是满族高级官员的女儿，如当时军机大臣庆亲王的两个闺女、慈禧的侄女和裕氏姐妹二人等。裕氏姐妹的父亲裕庚是满族正白旗人。当时他在外交机构总理衙门办事，曾出使日本及欧洲各国。德龄、容龄姐妹和其兄勋龄也跟随父亲出国，兄妹三人在巴黎就学。到了20世纪初，裕庚全家回国。慈禧听说德龄、容龄姐妹通晓外国文，又知书达理，很惹人喜爱，于是决定请她们到宫中当女官。后来，每当外国公使夫人访问慈禧时，一切翻译接待事宜全由她们姐妹二人负责。

裕庚病故于上海。她们姐妹二人在宫中待了两年多后，便离京南下，常住上海，不断与外国人交际往来。

辛亥革命后，裕德龄与美国驻上海副领事怀德结婚。

三年后怀德调职返回美国，成为新闻记者。德龄同去美国，加入美籍，开始用英文写作。她以晚清宫廷琐事为题材进行创作，出版了《御香缥缈录》、《瀛台泣血记》、《清宫二年纪》、《叩头》、《金凤》等多部作品，成为美籍华人知名作家。她的笔名为“德龄公主”，不明了情况的人见她自称公主，都以为她是皇亲国戚，其实她是为了吸引读者和出版商的重视。德龄文笔流畅，对晚清宫廷情况只一般知晓，但为了吸引读者，她对宫内人物有虚构之处。德龄以美籍华人身份，在美国参加“中国之夜”、“一碗饭运动”，为祖国募捐，支持各种有益于人民的活动。

裕容龄也曾用英文写过两本书，即《香妃》和《清宫琐记》，但文笔不如德龄。她与唐宝潮结婚。唐宝潮是晚清御林军官，他经常陪伴容龄参加各种舞会。容龄年轻时在法国巴黎学习芭蕾舞多年，她是我国第一个向西方学习芭蕾舞的人。

慈禧对洋玩意儿很感兴趣。为了给慈禧开心，裕氏姐妹曾请兄长裕勋龄到宫中给慈禧照过很多次相。有的照片上慈禧打扮成观世音，宫女们蹲在她坐的莲花盆周围，太监李莲英扮作唐僧去西天取经；还有的照片是慈禧穿上玉皇大帝的服装，宫女和太监装作善男信女，在高台下跪拜。或在皇宫，或在颐和园内，裕勋龄给慈禧拍了很多千奇百怪的相片。相片洗出之后，慈禧则捧腹大笑。

为光绪算命

清末，京城有两个著名的算命先生——刘铁口和张瞎子。据说，这两个人算命一是不说假话和奉承话，二是往往灵验。相传光绪皇帝的命运在他刚出生时这两人就已经算定了。

光绪名载湉，本为醇亲王之子，做皇帝后则称慈禧为“亲爸爸”。他刚一降生，醇亲王即把刘铁口和张瞎子请进王府为他算命。醇亲王说，自己在书房等待儿子出生时，小心地夹下了两段黑烛芯，放进盛水的小碗里。第一段沉下去了；第二段放进后，先是升起一股黑烟，然后逐渐涨了起来，又突然在水中爆开，分成无数小点，溅满一碗，最后逐一沉下水去。醇亲王还说，自己在睡梦中还见到一丝极微细的光焰，很快变成一条长龙般的火舌，把一座盖着黄瓦的房子烧着了。在他刚好被惊醒时，下人向他报告：王爷喜得贵子。

醇亲王在讲这番话时，刘铁口一眼不眨地盯着他的嘴唇，张瞎子则歪着脑袋把耳朵贴得越来越近。刚一讲完，刘铁口就抢先说道：王爷，这可不是吉兆啊！那段小烛芯没有完全长足就爆碎了，恐怕将来大爷不到长大，就难免被恶魔作弄的。这梦也不吉利，有乱离灾变之意。不过，王爷看到火光和盖有黄瓦的房子，这说明未来的大爷肯定是位了不得的贵人。

张瞎子是靠生辰八字进行推算的。他问光绪的出生时辰后，扳着手指头一数，失声叫道：不巧，正是龙日虎时，龙虎不能并立，这位大爷的一生不会是顺利平安的，要有许多坎坷。接着他又凑到醇亲王耳边低声说：你的这位大爷呀，将来要做皇帝的。醇亲王一听，立刻瞪大眼睛说：你好大胆，这不是要造反吗？我哥哥咸丰的儿子不是正在龙椅上坐着吗？但张瞎子仍然固执地说：我也不敢无端妄说，只是凭着卦理说话。醇亲王厉声制止道：你休再胡说。

醇亲王对这些神秘的预言深感不安。谁知老天确有不测风云，同治皇帝十九岁时，因出天花医治无效而死。同治没有儿子，独掌大权的慈禧皇太后决定由醇亲王的儿子载湉继承皇位，改年号为光绪。醇亲王得知后，立时晕倒在地——刘铁口和张瞎子的预言竟真的应验了。

光绪四岁当皇帝，慈禧垂帘听政，他实际上只是个傀儡。当时内忧外患、灾荒连年、外敌入侵、出逃西安等，这位皇帝实在是终日不得安宁。

光绪十四年的一天，紫禁城内失火，贞度门、昭德门等均被化为灰烬。

接着是光绪大婚，慈禧强迫他娶自己的侄女静芬为皇后。光绪并不喜欢她，两人感情一直不和。他所钟爱的珍妃却被慈禧谋害。

在康有为等人的支持下，光绪实行新政。由于慈禧的反对，最后以失败而告终。

戊戌变法失败后，光绪被囚禁在瀛台，他“欲飞无翼，欲渡无舟”。在度过了十年没有自由的生活后，他辛酸的一生结束了，年仅三十八岁。刘铁口和张瞎子的预言再次被证实。

光绪之师翁同龢

在江南，江苏常熟是有名的古城。所谓“七溪流水皆通海，十里青山半入城”，可见自然风光之幽美。常熟不光景色秀丽，晚清时还出了一位很有名的人物，叫翁同龢。

翁同龢（1830—1904），字声甫，号叔平，晚号松禅、瓶笙。咸丰六年（1856），翁同龢二十六岁时参加殿试（又名廷试，是皇帝对会试录取的贡士在金銮殿上亲发策问的考试）。殿试前一日，翁同龢住宿京城。是夜，住房附近“恶少狂童花爆放，火星乱射惹人憎”，吵得翁同龢终夕未能成眠。第二天天亮入朝，翁同龢困顿乏力，头脑昏沉。正在危急之时，他忽然想到考袋中有长白山人参一枝，急忙取出嚼烂咽下肚。霎间便神清气爽，思维敏捷。待进殿应试，作文对答无不得心应手。因而翁同龢获殿试第一名。时人遂有“人参状元”之称。

翁同龢中状元后，历任户部侍郎，都察院左都御史，刑部、工部、户部尚书，先后两入军机处，任军机大臣兼总理各国事务衙门大臣，又为光绪帝师傅。光绪帝“每事必问同龢，眷倚尤重”。中法战争时，翁同龢主张重兵抗法，反对妥协投降，积极支持刘永福的黑旗军保卫疆土。然而他对“火轮驰骛于昆明，铁轨纵横于西苑，电灯照耀于禁林”却“忧心忡忡”，日夜不安。

翁同龢喜欢养鹤，常观鹤作书，纵意所适，不受羁绊。时采北碑之笔，融会贯通，风格浑厚豪放，蔚为一代大家。时逢中日甲午战争，翁同龢所畜二鹤突然逃去。翁即书“访鹤招贴”，悬重赏寻之。因其书法妙绝，旋贴旋被人揭去，此事轰动都门。有人曾以诗戏之云：“军书旁午正彷徨，唯有中堂访鹤忙。从此熙朝添故事，风流犹胜半闲堂。”

其实，贾似道是不能与翁同龢相提并论的。南宋奸相贾似道在杭州西湖葛岭府邸建造“半闲堂”，日夜与姬妾踞地斗蟋蟀，或游湖饮酒作乐，置前线告急文书于不顾，因而引起百姓极大的愤慨。戏曲《红梅记》就是描写李慧娘死后化为鬼雄，向贾似道讨还血债的故事。而翁同龢对中日甲午之战，力主“大张挞伐”，不能“一误再误”，否则“中国从此无安枕之日”矣。前方战事每况愈下，翁则“焦灼愤懑，如入汤火”。

《中日马关条约》签订后，翁同龢愤于李鸿章割地求和（割让辽东半岛、台湾和澎湖列岛给日本，赔偿军费二万万两等），遂倾向变法图强，以“练兵强天下之势，变法成天下之治”。他不满慈禧太后名为归政，实则事事掣肘，欲辅弼光绪帝筹谋新政。他冀匡时变，破格求贤，给维新人物以“游说公卿”掀起变法的机会。曾以帝师身份走访康有为，讨论变法事宜。北京“强学会”成立，创办《中外纪闻》，他给予支持。他唯反对维新派提倡的民权“平等”学说，并憎恶“君主立宪”的主张。

光绪二十四年（1898）一月二十四日下午三点钟，由李鸿章、翁同龢、荣禄（兵部尚书）等在总理各国事务衙门的西花厅召见康有为，就经济、政治等方面的问题询问康有为，康答得头头是道。于是翁同龢再次向光绪皇帝推荐康有为，说“有为之才，过臣百倍”，才堪大用。不久，光绪帝见到了康有为的《上皇帝第三书》，又得读康有为历次上书和所著《俄大彼得变法考》、《日本明治变政考》等，深受影响。他“不甘做亡国之君”，力排众议，锐意更张。于是年四月二十三日下“明定国是”诏，宣布变法。

翁同龢是光绪帝的智囊，又是变法维新的中坚，早为慈禧太后所记恨。光绪下“明定国是”诏后四天，慈禧太后就逼着光绪皇帝下手谕，说翁“揽权狂悖”，下令削职回籍。“百日维新”宣告失败后，那位散布“宁赠友邦，毋与家奴”等卖国论调的慈禧亲信刚毅，又弹劾翁同龢曾面保康有为。翁旋被即行革职，永不叙用，交地方官严加管束。

翁同龢归里后，隐居于常熟县城虞山之西鹁鸽峰麓翁氏丙舍。丙舍为翁氏之祠堂，面湖背山，初创甚陋，后渐充实，揽山林之胜。正门由山前塘入，翁同龢亲书“翁氏丙舍”四字。沿街侧屋坐北三间，靠东厢房为翁同登龢接待宾客之处，布置陈设简单雅致。南面正屋五间，靠东为翁同龢起居之处，题额曰“紫芝白龟之室”。室外庭院植古柏一株，并有用太湖石堆成的玲珑假山一座。东墙间辟有一扇便门，门框上系有古瓶一只，翁同龢自题“瓶隐庐”三字，取意将已封于瓶中，从此不问朝野之事。并自号瓶笙、瓶生、瓶庵、瓶盦、瓶斋、长瓶、瓶庵居士、瓶斋居士，著有《瓶庐文稿》、《瓶庐诗稿》。翁氏丙舍靠西厢房三间，沿山塘亦辟有一扇小门，门外凿有一井，名叫“渫井”。此井为翁同龢削职归里隐居时所凿，原有花岗石井栏。传翁同龢恐慈禧加害，凿此井以备自裁，故亲书“可用汲”三字（“汲”为“急”之谐音，取意《易经》井卦），勒之井栏。翁又亲书“渫井”两字，镌于栏上，取不污之意。

翁同龢在故里虽处事谨慎，犹如“瓶隐”，但对国事日怀，忧心如焚。这从他的《浣溪纱·谢桥小泊待潮》一词中可以看出。词云：

错认秦淮夜顶潮，牵船辛苦且停桡，水花风柳谢家桥。

病骨不禁春后冷，愁怀难向酒边消，却怜燕子未归巢。

翁同龢于光绪三十年（1904）五月卒于里第。临死曾口占二十字，以示子侄：“六十年间事，凄凉到盖棺。不将两行泪，轻为汝曹弹。”其内心之痛苦可知。

宣统元年（1909），吴中士大夫请为翁同龢湔雪，由两江总督端方代奏，诏复原官，后追谥“文恭”。有《翁文恭日记》四十册问世。

西医屈桂庭为光绪施诊

屈桂庭是曾为光绪帝施诊的著名西医。约在1935年，年逾古稀的屈桂庭闲居在沪上寓所，慕名访者终日接踵于门。宅中客室明净雅洁，条幅嵌壁，几陈兰花。屈桂庭尽管年事已高，但面容红润，风趣健谈，侃侃而谈数小时竟无倦意。据屈自述："我自北洋医学院毕业后行医一生，亲历目睹了种种事变。其间，尤以对光绪的印象最为深刻，以至一直难以忘怀。"

屈桂庭的高足王仲芹时任袁世凯的侍从医官。1908年10月初，慈禧在乾清宫召见奕劻、袁世凯等六位亲政大臣，宣称皇帝病重，面谕六人荐医治疗。论毕，即有庆亲王奕劻启奏云："现有天津北洋卫生局长屈某精于西医，不妨征来一试。"袁世凯亦在旁边极力保荐，盛赞屈桂庭医术高超。慈禧大喜，事遂定。王仲芹得报后，立即急电津门，向屈桂庭密告了这一消息。由于此事关系重大，屈桂庭因此满怀忧虑，夜不成眠。

屈桂庭于10月10日奉旨赶到京师，14日觐见慈禧、光绪于北京颐和园。时光绪已经病入沉疴，名医陈莲舫和施愚皆束手无策。慈禧见屈后，略略问候，便问西医如何治法。屈对云：“照西医规矩，皇上须得宽衣露体，然后才可治疗。”慈禧一口答应。屈诊视后发现，光绪脉息微弱，兼有高血压、胃炎、肺痨等症，诸病齐发，极难救治。但既承旨意，亦只能尽力为之。当时，屈桂庭曾给光绪开了两张药方，一为外敷，一为内服。然后向慈禧奏云：“臣之所开悉为西药，可去外国医院或西药房配制，而个人不便进药。”

嗣后，慈禧、光绪回到紫禁城，西医治疗仍日日不断。屈每入宫，辄听宫女笑呼云：“外国大夫来了。”光绪帝待人谦恭，脾气极好，对屈桂庭更是言听计从，信任有加。治疗数周后，光绪帝意渐惬适，神志转清，明显地出现了好转迹象。临朝之后，甚至还能以书画自娱。于是内外相庆，人心渐安，宫中一时称为幸事。

不期到了11月14日，光绪突然连呼腹疼，接着便汗如雨下，捂着肚子在龙床上乱滚。当时慈禧亦已病笃，御医逃散，只有屈桂庭一位西医立在床前。屈情知有异，唯恐多言招祸。此时所能为者，亦唯有建言让光绪躺在床上，以毛巾施行热敷而已。一俟光绪疼痛少解，屈便匆匆辞去。不料方至酉时，便听说光绪已在瀛台涵元殿驾崩了。

屈桂庭除西医外尚擅中医，于望、闻、问、切上都有独到的研究。从清朝王公到北洋要人，都曾给了他很高的礼遇。屈桂庭曾述云：“光绪之死实是个难解之谜，以至斧声烛影，言人人殊，今聊述所经，或能为研究者提供佐证。”

溥仪的出洋留学梦

溥仪曾做过出洋留学的美梦，这还要从他的老师庄士敦谈起。

庄士敦是英国牛津大学的文学硕士，苏格兰人。1919年3月4日，十四岁的溥仪在紫禁城毓庆宫向他行了拜师礼。从此，溥仪开始接触各种新奇的事物和知识，这使他越发觉得紫禁城如同监狱。庄士敦同情他，理解他，便建议他出洋留学。溥仪觉得这正说到了自己的心坎上，于是联合弟弟溥杰，开始秘密行动。

要出洋留学，就必须有资金，可是此事又不能张扬，所以他们想到了故宫珍藏的版本图书和字画。溥仪行动的第一步就是以赏赐溥杰的名义，将宫中最值钱的字画和古籍运出宫，先储藏在天津英租界的房子里，以备换取出洋经费。此后，溥杰每天从宫内放学回家，必定带走一个包裹字画的包袱，这样不间断地进行了半年多的时间。他们从宫中盗走了总数大约有一千多件的手卷字画、二百多种挂轴和册页、二百种左右的宋版书。尽管溥仪把身旁及宫门的每一个太监都花钱打点得“欢天喜地谢恩”，但在他们兄弟俩约定私逃的前一小时还是出了麻烦。不知哪位太监通报了内务府，随即紫禁城就在醇亲王载沣（溥仪父亲）的命令下进入戒严状态。溥仪的出洋计划就这样流产了。

出洋计划虽然破产，这批珍贵字画却成了溥仪真正的私有财产。这批字画中有王羲之、王献之父子的墨迹《曹娥碑》、《二谢帖》，有钟繇、怀素和尚、欧阳洵、宋高宗、米芾、赵孟頫、董其昌等人的真迹，有司马光《资治通鉴》的原稿，有王维的人物画，有马远、夏珪以及马麟等人画的《长江万里图》、张择端的《清明上河图》，有阎立本、宋徽宗等人的作品，还有乾清宫西昭仁殿的全部宋版、明版书的珍本等，真是“无一不精，无一不珍”。

1932年3月9日，溥仪迁往长春前吉长道尹衙门任“伪满国执政”。1934年3月1日，溥仪又在长春郊外杏花村祭天，在“勤民殿”登基，做起了满洲帝国的“康德帝”。他从宫中盗运的那批字画古籍，由日本关东军参谋吉冈安直负责全部运到长春，储藏在一个没有任何保护措施的小白楼内。

1945年8月9日晚，日本关东军在大厦将倾时撤退。溥仪匆忙坐上火车，准备逃亡日本，临走时又匆匆带上了一百多件字画、古籍及部分古董。而余下的一千余件字画、古籍随即遭了厄运。

解放后，各级文物管理部门先是从东北，进而在全国范围内展开了故宫散件书画的征集工作。在广大文物工作者的宣传引导下，迄至1952年底，东北文化部门已经从各方面征回晋、唐、宋、元以来的国宝近二百件。1963年和1964年北京荣宝斋又分别从收购的残片中拼凑出《故宫书画佚散目录》中所含的三十七件书画残迹和二十来件书画残片。

末代皇妃文绣

溥仪的皇后婉容，其事迹为世人所知者较多，而皇妃文绣的身世及她与溥仪离婚后的最后归宿，却鲜为人知。

文绣的家世，是满洲八旗中的鄂尔德特色蒙古族，在八旗中属于上三旗的镶黄旗。祖父名锡珍，父亲名端恭，曾任内务府主事。文绣为端恭的继配汉人蒋氏的长女，其妹名文珊。

文绣乳名大秀，生于宣统元年农历十一月初八，即1909年12月20日。1916年，文绣到北京私立敦本小学读书，天姿颇为聪颖。她当时学名傅玉芳。

1921年，溥仪十五岁，将届“大婚”之年。他虽早已宣告退位，但仍留在紫禁城内过着皇帝生活，照例要选后、选妃。按照清朝制度，皇帝挑选后妃必须从满蒙王公大臣的女儿中挑选。这时，文绣十二岁，家世合乎条件，年龄又合适，就被选中，居婉容之下称妃。1922年12月1日，溥仪结婚，文绣被娶进宫内。这个十三岁的小姑娘，从此离开母亲的怀抱，进入深宫，同外界隔绝，过起形同幽禁的生活。

1924年，冯玉祥将军发动北京政变，溥仪于11月5日被逐出皇宫。文绣随着溥仪先移到醇王府居住，又托庇于日本驻北京的公使馆。1925年2月，文绣随溥仪离开北京到了天津，初居张园，继迁静园。文绣在天津住了六年，与溥仪相处落寞寡欢。

1931年8月25日，文绣同其妹文珊出走，住进法租界国民饭店，并向溥仪提出离婚。她请律师张绍曾、张士骏、李洪岳为代理，向天津法院提出对溥仪的控告。溥仪请他的法律顾问林棨、林廷琛代为处理诉讼事件。经过双方洽商，最后以宣布离婚了事，由溥仪付给文绣赡养费五万元。当时文绣二十三岁。

文绣离开天津回到北京，生活费用完全依赖那笔赡养费。时间长了，不能坐吃山空，只得外出找工作。她曾到一个小学校做教员，还到《华北日报》当校对，后来还做过建筑小工，在街头摆过糖摊。抗战胜利后，她与军官刘振东结婚。

据说，1953年9月17日夜晚，文绣因心肌梗塞逝世，年仅四十四岁，葬于北京安定门外义地。

载涛冷对土肥原

1934年春，北京小汤山大柳村一所僻静的小院前停下一辆乌黑锃亮的小轿车。车里走出一位身穿西服的中年男子，身后跟着两名随从。

小院是清朝末代皇帝溥仪的七叔载涛的隐居之处。载涛正在院内剪花，见来了客人忙搁下剪子迎了上去。

“啊，是您啊？”载涛认出来者是鼎鼎大名的日本关东军特务机关长土肥原贤二，便流露出警惕的神情。

土肥原满脸堆笑：“载七爷，久违了，我是专程来拜访阁下的。”“屋里请！”载涛手一抬，让土肥原进屋，却没理会两个随从。土肥原也还识相，回头招呼那两人在屋外等着。

两人在屋里坐定，几句寒暄后土肥原道：“我们帮助你们成立了满洲国，溥仪做了康德皇帝，你是溥仪的七叔，应该为满洲国出力，辅助朝政呀！”

载涛虽是清室贵胄，却有爱国之心，极力反对溥仪去做傀儡皇帝。他正色言道:“成立满洲国？我们‘五族’(汉、满、蒙、回、藏)是一家。溥仪投靠你们，卖国求荣，是我们家族的败类，民族的败类！他不是我的侄子！我绝不出卖民族利益，丧失民族气节！”

土肥原被载涛抢白了一顿，又气又恼，立即露出了凶相，拔出手枪对准载涛威胁道:“你要是不去长春，那好，我成全你！”不想载涛颇为平静地说:“你开枪吧！我愿为民族殉节！”说完闭上了双目。

这下倒使土肥原尴尬了，他不过是想恫吓载涛，哪里敢把赫赫有名的“载七爷”打死。

双方僵持了片刻，土肥原转而把枪收起，干笑道:“嘿嘿，七爷真是条好汉！不过，我也是为你着想，你看你现在生活苦到了何等地步！只要你到东北，就能恢复在宣统时期的职务，你又能过上王公生活了。”

清朝垮台后，载涛的生活确实很困难，曾在德胜门外卖过破烂，后来又搬到了小汤山大柳村先人的墓地上住，靠耕耘为生。但他绝不愿为了享受而丧失民族气节。他断然回绝土肥原:“高官厚禄我不爱，我只想默默地度过此生而已！”说完闭上双目，不再说话。

土肥原见载涛软硬不吃，无可奈何，只得灰溜溜地走了。

1935年春，溥仪从长春专程到遵化马兰峪扫墓。土肥原又派特务动员载涛去迎接溥仪，并一起到沈阳北陵扫墓。载涛义正词严地回答日本特务说:“我是民国人，不留恋过去的清朝，也不欢迎溥仪回来扫墓！”他不仅自己坚决不去，还说服那些留在北京的清朝遗老遗少也不要去迎接溥仪。

载涛冷对土肥原的爱国行动一时成为美谈。一位清朝的贵胄，末代皇帝的七叔，在敌人的威逼利诱下能够做到如此大义凛然，确实是难能可贵、令人敬佩的。

末科状元谁钦点

清代的科举考试制度，殿试后，由八位阅卷官轮流阅卷，最后定一甲一名、二甲一名、三甲一名，下至乙、丙顺次排列，一甲一名为头名状元。清朝最后一位一甲一名状元叫刘春霖，是河北省肃宁县人。这位末科状元是谁钦定的呢？说法不一。

一种说法是：阅卷完毕，得一甲一名的是广东人朱汝珍。因为慈禧与帝党的广东人康有为、梁启超有隙，便厌恶广东人，二则看到自己讨厌的珍妃的“珍”字，故对一甲一名的朱汝珍不喜欢。往下看是刘春霖，刘春霖之原籍为“肃宁”。“肃宁”这两个字有吉利之意，名字“春霖”又有春风化雨普降甘霖之内涵，因此特钦点刘春霖为一甲一名。

另一种说法是：光绪三十年（1904）五月二十一日，举子们的试卷经阅卷大臣评阅后，前十名的名单送交颐和园请慈禧钦定。其时，慈禧已接到“废除科举制”的奏折，她感到取消科举制是大势所趋，便将试卷草草看了一遍，将不喜欢的朱汝珍草草地圈为一甲一名，刘春霖为一甲二名，三名为商衍鎏，四名为张启厚，以下等人未改动。她圈毕说道："让皇上看看，由皇上钦定就可以了。"于是名单送到光绪处。光绪细读刘春霖的文章："皇上陛下践祚以来，勤求治道，唯日孜孜者三十年矣！然治效未彰，外患日亟，熹者因时制宜之道，或有未尽欤乃者。"读到此，光绪百感交织，不禁仰天长叹，潸然泪下。再读："凡察吏、治军、理财、励士、文教诸大政，均不得不因时制宜也……"当时的政局正是内忧外患频繁，慈禧主张卖国求荣，光绪主张革新，维护中国领土完整，保持国家的尊严，于是慈禧便把光绪幽禁起来，使其不能参政、议政。数年后慈禧看到众人议论纷纷，归政呼声日涨，便觉得情形不妙，恐将受到众人唾弃，加之有些问题自己不好批示，便把光绪放出来，让光绪理政。光绪一口气读完刘春霖的文章，而且连读两遍，爱不释手。读完，沉思片刻，遂将刘春霖之名次从一甲二名提到一甲一名，御笔钦定。

据说刘春霖是一名才子，他的文章慈禧根本就没看。刘春霖的试卷是规整、匀称、清秀、挺拔的小楷字，这把光绪吸引住了。原来光绪自从幽禁瀛台，精神便萎靡不振，那天接到试卷，看了刘春霖的文章，一下子激起了他爱国爱民的情怀。如果慈禧看到这篇文章，也许不会让刘春霖当一甲一名。只可惜刘春霖正赶上取消科举制的末科考试，虽然中了一甲一名状元，也未按照头名状元得到高官显位。混乱的时代埋没了他的才华。不过刘春霖后来在新政活动中也起了一定的作用。

末科状元的骑马游街和琼林宴

刘春霖中状元后，他骑马游街的盛况和大设琼林宴的情形，至今还常为人们乐道。

1904年农历五月二十五日，新考中的进士要朝见皇帝，早晨便到太和殿前等候。当光绪皇帝在太和殿升座时，新考的进士都跪在殿前的石阶下的御道两旁。大学士王文韶将皇榜呈送殿内，交传胪官。不一会儿，传胪官高声读榜："一甲第一名刘春霖！一甲第二名朱汝珍！第三名商衍鎏！"三人先后从队伍中出来，跪在御道旁。传胪官读完金榜，便将榜贴在太和门外。

金榜贴出后，新中进士们退出午门。门外早搭有彩棚，由顺天府府尹将三人接到彩棚里，给一甲状元、榜眼、探花的帽上插上金花，身上披红绸，然后引出彩棚，扶上骏马。接着鼓乐开道，执事们打着"状元及第"、"榜眼及第"、"探花及第"的牌子，开始游街。

游街的路线是：出天安门向东，到东单牌楼往北，过东四牌楼到北头顺天府衙。顺天府府尹已先到衙门迎接，将三人接到衙门内。府内早已准备好三桌酒席，三人每人坐一桌，府尹在对面作陪，这是一种象征性的仪式。府尹举杯相贺，三人同时举杯谢意，仪式即完毕。继而，出府衙西行，到钟鼓楼大街，过地安门西行到西四，转向南，过西四牌楼，到西单牌楼，转向东，又回到天安门。然后，由天安门向南，出大清门（今已拆除），过前门至外城，要游遍内外四城。这种仪式，即是人们通常说的“骑马游街”。

游街归来后，将状元送回住所（当时刘春霖住在宣武门外的直隶会馆），然后依次再送榜眼、探花（当时朱汝珍、商衍鎏同住在粤东会馆）。

刘春霖回到直隶会馆时，直隶同乡在北京的知名人士及刘春霖旅居北京的亲友，都在会馆等候迎接。当天，这些人设宴庆祝刘春霖金榜题名，欢宴畅谈一直到深夜才散去。

第二天（五月二十六日），清政府在礼部内大殿设宴，招待考中的所有新进士。这是一次隆重的宴会，名为“恩荣宴”，也就是人们通常说的“琼林宴”。

琼林宴由恭亲王溥伟代表皇帝出席主持，大总裁同考官们全体参加。这个宴会是一个隆重的庆贺宴会，又确系一个礼仪形式。恭亲王溥伟代表皇帝作祝贺、勉励新进士的讲话后，大总裁和各同考官也先后讲话。讲话毕，恭亲王退出，接着是新进士们拜见各考官，这就是通常说的“认房师”。

过了些天，吏部即悬挂一张榜，这个榜是新考中的进士按照规定分配官职的榜。刘春霖为翰林院修撰，这也是刘春霖中状元后的第一个官职。

清代的太医院

在封建时代，有一个专门侍候皇宫内院的医疗机构，叫做太医院。这种太医机构，在不同朝代名称也不尽相同。南北朝及隋唐时期称太医署，宋代称太医局，金、元、明、清时则称为太医院。

清代太医院大体承袭了明代太医院的旧制，是隶属于礼部的独立机构（清太医院地址在今地安门东皇城兵杖局东侧）。一般由一名王公大臣领衔管理太医院院事，下设院使（相当于院长）一人，左右院判（相当于副院长）各一人，御医十三人，吏目二十六人，医士二十人，另有制药人员若干。人员的定制是根据太医院工作量的大小和宫廷里的需求随时增减的。太医院之建制虽不满百人，但人才荟萃，能在太医院服务者，绝非医术平庸者。

清代统治者为了保证太医院的医疗水平，制定出了相当严格的录取制度。在太医院内设立教习厅（医学校），从御医、吏目中选拔“品学兼优”者任教。学生来源于民间医生和太医院医官的子弟。这些学生必须“品行端谨，通晓医理”，并由院内医官作保，方能入院在教习厅习业。在教习厅习业期间随时由院使、院判进行考核，择其优秀者升任医生或医士。对于已经任医生、医士者，也同样随时予以考核。若发现“习业荒疏”者，不论在太医院供职多久，一律发回教习厅重新学习。教习厅所开设的科目为《黄帝内经》、《难经》、《伤寒论》、《脉诀》、《本草纲目》等及临床各科。

太医院为了充实力量，提高医疗水平，还经常从各省选拔、保举一些具有真才实学的民间医生。这些民间医生由各省巡抚举荐，到北京太医院进行考试，合格者根据学识授以吏目、医士等职。如果民间医生确属医学造诣高深者，虽年事较高，太医院为了发挥其所长，就准许其带弟子一名进太医院供职。

太医院的专业分科在清初分为十一个专业，以后合并为九科，即为大方脉、小方脉、伤寒、妇人、疮疡、针灸、眼科、咽喉、正骨科。凡是在太医院供职者，自院使到医士都要根据自己的专业特长“给事内廷”。

俗话说“伴君如伴虎”，给皇帝看病也一样，是一种风险很大的差事。清宫规定，凡是皇帝服用的药剂，先由御医拟方上报，然后把同样的两剂药同煎，分装在两个碗中，一碗由御医或宦官先尝，一碗由太监送皇帝服用。为皇帝、皇后看病，往往是几个御医同时诊治，各拟一方，然后经协商后再以一方为准。有时为一个病者竟有六七位御医同时会诊，商讨治疗方案。如光绪八年十一月二十六日，御医庄守和、李德昌、王应瑞等人同为慈禧太后拟“保元益寿丹”一方。

医生一旦入职太医院，就是为少数贵族所专用，到年老体弱时虽然可以告病回家，但也不能在外行医。为老百姓治病若被人告发，就会受到严惩。

京城朝野净身房

中国的宦官历来是一大害。远的不必说，单是清朝末年的李莲英，其权倾朝野犯下的累累罪行便令人发指、罄竹难书。姑不论其权柄之大，仅就日进斗金之外快便见其进项之丰。故京畿百姓常有私自阉割幼男以求宫中收用的惨剧，而不隶清朝八旗的无籍子弟，亦有不甘贫贱已婚而自阉者，其惨烈之状可想而知。

京城之净身房作为一种热门行业，朝野均有。而民间司其业者，必须经宫中批准，属半官半私性质，彼此有千丝万缕的关系。

清代末叶闻名京城的民间净身房有两处：一处是南长街会计司胡同的毕五爷，另一处是地安门方砖厂的小刀刘。这二位市面上的人物皆受过“从七品”的皇封，有朝服而无顶戴，无权柄而有实惠，以其“刀法”纯熟并能手眼通天而颇受人尊敬。他们出门时穿着朝服，梳着油光的大辫子，迈着四方步，装着斯文的样子，路遇熟人称其一声“爷”，只从鼻子眼儿里轻轻“嗯”一声。于是有文人讥之曰：“靠割屌走红运，还挺牛B！”

宫中的太监时有因老、病或受杖刑而死者，故需经常补充。因此，毕五爷与小刀刘的生意从不萧条。故当年京城曾流传这样一句话：“净身房的买卖，割一个送一个，送一个收一个。”语意双关，耐人寻味。

两处净身房所收的男童多是寒门子弟和“拍花的”拐骗的小儿。“拍花的”系北京土语，指用谎言或迷药拐骗小儿，甚至加以谋害或拐卖的歹徒。清代光绪、宣统年间，京师拍花的极其猖獗，常年出没于闹市或小巷，窥伺单独行动之幼童，以药粉迷其魂魄。幼童闻药后，如坠云里雾中，任凭歹徒摆布。净身房阉割拍来的小孩儿，久之终被外界所闻，故凡有丢失男孩儿者，必速去两处净身房寻找。

由净身房阉割调养后送至宫中的小太监，每月可领俸银二至四两，其数目相当于旗族兵饷中之“马甲钱粮”（每月三两）或“候补领催钱粮”（每月四两）的标准。彼时物价极廉，每月有此固定收入，其家属丰衣足食且尚有节余。然而依照宫中认可的惯例，凡小太监俸银之一半，须交民间净身房作为手术费或管理费。毕五爷与小刀刘日积月累，聚沙成塔，又买房子又置地，妻妾儿孙满堂，名声赫赫而不可一世。而受其“一刀之苦”的诸多童男，虽说进宫当了太监不再为吃喝发愁，但毕竟是没有人身自由的奴才，且绝了子孙断了香烟，亦人间一大悲事矣！

人与某些动物比较，并无再生能力。而奇怪的是，少数年轻的太监被痛割的生殖器部位会忽又冒出一骨节儿肉柱儿来，不禁为之大惊失色。为苟活并保全性命，不得不“扫二茬”，将那“罪孽的玩意儿”再次割舍。那钻心的疼痛，那撕心裂肺的号叫，那九死一生的危险，虽非身临其境，亦可揣度个中滋味儿矣！

寇太监参政被杀

清光绪二十二年（1896）二月十六日午刻，未满二十岁的小太监寇连材，以“私递封奏，语言悖谬”的罪名被斩于宣武门外菜市口。此案当时曾轰动朝野，寇连材也成了文人雅士茶余饭后议论的新闻人物。

寇连材，直隶昌平县人，年十五阉割入宫侍奉慈禧太后，为梳头房太监。因其聪颖伶俐而备受慈禧宠爱，举凡西宫会计事宜，皆使他掌之。少长，见慈禧所行者多淫纵事，屡次借梳头之机而谏诤，慈禧以其少而贱，不以为意，唯呵斥之而已，并不加罪。不久，慈禧令其充任奏事处太监，一年多后复为西宫会计房太监。

乙未（1895）十月，慈禧杖责瑾、珍二妃，蓄志废立，日逼光绪为摴蒲戏，又给鸦片烟具劝光绪吸之，而别令总管太监李莲英及内务府人员在外庭肆意造谣，称光绪失忆，为废立大造舆论。与此同时，慈禧又大兴土木修圆明园，以供娱乐。

寇连材目睹慈禧所作所为，忧心忡忡，日夕皱眉，如醉如痴，诸内侍皆以为病狂。丙申二月初十清晨，慈禧尚未起床，寇连材便泣涕长跪榻前。慈禧揭帐叱问何故，连材哭曰："国危至此，老佛爷即不为祖宗天下计，独不自为计乎，何忍更纵游乐生内变也！"慈禧以为狂，叱之离去。

寇连材被叱退后，遂请假五日，当天回昌平与父母兄弟诀别，并出其所记宫中事一册授其弟。回宫后，将几年的积蓄分赠各位低级太监。至十五日乃上一折，凡十条：一请太后勿揽政权，归政皇上；二请勿修圆明园，以幽皇上；三请练乡兵，以加强国防抵御外侵……所言者皆人之不敢开口言者。最奇者为末一条，言皇上至今尚无子嗣，请择天下之贤者，立为皇太子，效尧舜之事。其言虽不经，然皆自其心中忠诚所发，盖不顾生死利害而言也。

慈禧阅毕这道与众不同的奏折，异常震怒，遂责问寇连材曰："汝之折，汝所自为乎，抑受人指使乎？"连材对曰："奴才所自为也。"慈禧命背诵其词一遍，果无甚舛。继而目问道："本朝成例，内监有言事者，斩，汝知之乎？"连材坦然答曰："知之，奴才若惧死，则不折也。"于是慈禧命囚之于内务府慎刑司，十六日移交刑部处斩。刑部尚书叶赫那拉怀塔布曾为寇连材跪求宽办，终未获允。

处斩寇连材一事，本应由军机处用面奉谕旨的名义对刑部官员发布指示，慈禧越俎代庖直接下达死刑命令，全然不把军机处放在眼里。因此，恭亲王奕䜣曾对户部尚书翁同龢说：“吾等为旷官矣！”言词中流露出对慈禧专横跋扈极度不满的情绪。

慈禧杀了斗胆进谏的寇连材，犹不解恨，事隔一天后，将赞成光绪帝亲政的翰林院侍读学士文廷式革职并驱逐出京。其手段之狠毒令人发指！

崔得贵走嘴遭杖杀

慈禧想方设法寻乐解闷时总是把小太监崔得贵找来，和他面对面地下棋。善于胁肩谄笑的崔得贵，以能陪伴大清帝国的主宰下棋而万分自豪，而内心又慑于太后喜怒无常的脾气，故每次下棋举止极为谨慎，且言语嗫嚅。崔得贵此招确实讨得太后欢心，屡屡得到金银珠宝之类的重赏，这也招来了他人的嫉妒。

一天，崔得贵来到乐寿堂的西寝室，给慈禧先叩了头，然后摆好了棋子，与老佛爷对弈。走了几步棋之后，他见慈禧有个卧槽马摆在炮口下，便迷迷糊糊地说："奴才杀老祖宗的这匹马！"慈禧一听，不禁大怒："你也敢杀我的马！放肆、大胆，我要杀你全家！"

慈禧是"金口玉言"，言出法随。只听李莲英总管高声道："把他拉出去！"众太监一拥而上，拳打脚踢，有的举棒乱抽，任凭崔得贵哀求。刹那之间，崔得贵做了杖下之鬼。接着，又听慈禧厉声说："快去捉拿崔得贵的全家！”此时许多心地善良的宫女、太监急忙下跪向慈禧求情。慈禧本是为了娱乐而迁怒的，她也有些后悔，便说：“你们都起来，姑且饶恕他全家。”

由此看来，崔得贵被杀只是因为说错了一句话。崔得贵久在西太后跟前，应是知道说话的分寸的，这次为什么没把住门呢？

原来，崔得贵久同慈禧下棋，得到赏钱太多了，便饱暖生淫欲，托宫外的人给他说亲。媒人介绍的是海淀三角地一家孤女寡母。那寡母张贾氏的女儿小鹤，已到破瓜之年。张贾氏给人做针凿，工钱微薄，终日不得一饱，故情愿把女儿许配崔得贵做挂名的干夫妻。而小鹤明白，太监没有生殖器，过不了夫妻生活，为此多次和母亲吵闹。张贾氏知道女儿的苦衷，说："孩子，嫁给有钱的太监，总比每天挨饿强罢！”小鹤知道每天挨饿的滋味，便勉强答应了。

张贾氏经介绍人来回穿插，很快就把事情办妥了。崔得贵在颐和园后墙外六郎庄租了一套独门独院的四合院，把丈母娘也接到新居来住。

小鹤婚后经常到村外杂货铺买针头线脑儿，日久天长，就和杂货铺的少东家小赵勾搭上了。那时候，正是五月初，宫中正在筹备西太后十月初十的大寿。宫中的太监们张罗事很忙，崔得贵无暇回家，小鹤于是背着母亲在三更天把少东家引进卧房。她从十月初一起，天天与少东家幽会，夜无虚度。偏巧初七这天深夜，崔得贵回家来了。张贾氏住在西厢房，知道是姑爷回来了，便去开了门，说姑娘早已安睡了。崔得贵快步前去敲自己的屋门。当小鹤把门拉开，一见是自己的丈夫，吓得浑身打颤。自然，那赵少东家也就成了瓮中之鳖。崔得贵想:原来小鹤已是“怀抱琵琶另有别弹了”。但是他心中还是谅解了小鹤的苦衷，故意把少东家认为是小偷，把他送到巡捕厅。巡捕厅孙管带一看是宫中的崔老爷，马上把少东家收审关押。

事后，崔得贵嘱咐张贾氏严守门户，并对小鹤一如既往，将窈窕的小娘子紧紧搂在怀里，宝贝儿长宝贝儿短地叫个不停。那小鹤刚开了荤，对崔太监这种口惠而实不至的爱抚益发暗自叫苦，不禁凄然泪下。

次日清晨，崔得贵走进颐和园，带着闷闷不乐的心情同慈禧下棋。就这样，神不守舍地说了一句“奴才杀老祖宗这匹马！”惹来了杀身之祸。

“戒骄戒矜”李莲英

有清一代没有封过九千岁。就是权倾朝野的多尔衮，或是宣统皇帝的生身父亲载沣，也只是个摄政王，而不是九千岁。可是，却有人把慈禧太后宠信的太监李莲英称为九千岁。此无他，只因李莲英在慈禧的纵容下权大势大，显赫一时，堪称一人之下万人之上，什么亲王大臣、文武官员都要让他三分。所以说，他是个真正的九千岁。

李莲英是同治、光绪两朝的太监大总管，极得慈禧宠信，陪伴慈禧左右形影不离。他对内政、外交无不涉及，是个有极特殊地位的人物。那么他究竟是何许人呢?

李莲英原名李美泰，字灵杰。祖籍浙江绍兴，明末清初其先人流落山东，后来移居直隶河间府大城县。父名李玉，是个修鞋匠，家境极为贫困，在家乡无以为生，全家辗转进京，以修鞋为业。道光二十八年（1846）李莲英出生。李莲英小时候常帮父亲削切皮头，所以人们都叫他“皮削李”。

李莲英进宫当太监的过程，很像京剧《法门寺》中刘瑾自报家门时说的那样:“七岁净身，九岁进宫，一十三岁扶持老王爷……”李莲英在七岁时受了一刀之苦，成了阉人，九岁时进宫当了一名小太监，到光绪三十四年(1908)慈禧死后才“退居”出宫，在宫内待了五十三个年头。

李莲英为人乖巧机警，行事谨慎周全，咸丰帝病死于热河避暑山庄后，慈禧拉拢恭亲王奕䜣，诛除了肃顺、端华等八大臣，夺取了清朝的最高统治权。当时为慈禧内外传递消息的人，正是这个不引人注意的小太监李莲英，那时他才13岁。此后，他更得慈禧的欢心和信任。他升为总管之后，权势日大，卖官鬻爵，营私受贿，无恶不作。甚至醇亲王去海口阅兵也要派他去监视，至于朝中文武大臣官职的任免升降，也往往取决于李莲英在慈禧面前如何进言。事实上，在慈禧垂帘听政的那些年，李莲英这个太监的权力要比光绪皇帝大得多。

慈禧对李莲英之宠用，实际已经触犯了大清祖制。顺治时，曾在太和殿竖立铁碑，碑上刻字云:“不准内监参与朝政，违者斩。”御史朱一新因此上疏:“今夏巡阅海军之役，太监李莲英随至天津，道路讹传，士庶皆愕……令刑余之辈厕乎其间，其将何以诘戎兵，崇礼制？”结果，朱一新由于“疏上，太后怒……诏切责，降主事，乞终养归”。李莲英由于有慈禧的庇护，更加横行霸道。光绪二十四年，“戊戌变法”失败后，慈禧住在颐和园，把光绪囚禁在玉澜堂，命李莲英监视。

慈禧死后，李莲英告退离宫。他在东皇城根购置了一所宅院，虽不是琼楼玉宇，但也富丽堂皇，足以安享晚年。此外，李莲英在东华门著名的饭馆东兴楼占有三分之二的股权，收入颇丰。显赫一时的李莲英之所以能在宫廷中善保终身，全凭“戒骄戒矜”四字处世。

李莲英的前任安德海，在朝内恣肆骄横，惹怒了恭亲王。于是，恭亲王密令山东巡抚丁宝桢以违制出宫的罪名，将安德海就地正法。李莲英继安德海任“太后掌案”后，由于前车之鉴，所以一直是谦恭待人。后由“掌案”升“总管”，原太后“掌案”一职由王俊如继任。王失宠后被发往盛京（沈阳）秘密处死。伴君如伴虎，况且，“老佛爷”绝不是心慈手软的仁主，而是苛察秋毫、深谙驭下之道的“女强人”。李莲英的前任和后任都做了刀下之鬼，为了保己终身，不得不谨慎从事。

笔者友人邹君认识一位名叫曾毓隽的老先生，清末曾做过一任大城县令，知道李莲英是当地人。一次，值李返里省亲，曾先生便硬着头皮去拜谒，不禁诚惶诚恐。没想到这位李大总管以客礼相见，一口一声“老父台”。告别时，李送到二门，曾先生说：“请总管留步，以后总管家有事尽管吩咐。”李听后作色道：“老父台，这可不行，我家的子侄和族人如有什么不轨之事，你要严加管束，否则，你我都要被参啊。此事我拜托了，你要切记。”言词中态度非常诚恳。曾先生在任上，确未发现李家有什么不法之事和不轨行为。

李莲英在清末政治舞台上的地位，绝不是戏剧舞台上的刘瑾。虽然有至高的权势，有上万万两的白银，但也不敢起大第。虽身为二品大员，但在1886年奉旨陪同醇亲王巡视北洋水师时，竟不戴二品红顶子，只戴了个七品小官的金顶子。因为李莲英知道，太监受二品顶戴是违制的，若在此时耀示“殊荣”，乃是招祸。一路上李莲英的态度十分拘谨，布鞋、布衣，每日手执亲王的长杆烟袋，侍立装烟。不知根底者，皆以为他是亲王的侍从。另外，李莲英知道，醇亲王是光绪的生父、慈禧的妹丈，权势绝不在杀安德海的恭亲王之下。他奉旨陪同醇亲王巡视海军，朝野舆论纷纷，恐开太监监军之先河，御史们此时正拭目以观。李莲英纵有受财之心，也只能采用韬晦之计，绝不敢“招事”。

李莲英常对手下人说：“一个内务府，每年稳稳当当的十万两银子足够我花的，用不着交外官，交外官是有危险的。”庚子之后，袁世凯、杨士骧之流给老佛爷进贡时，总派差官先给李莲英送一份。李莲英闻送礼的差官将到，早早迎出门去，不待差官请安，就先屈膝下跪等候。所获之礼如值“一千”，次日必还礼“八百”，用心可谓良苦。因为拒收得罪人，收下又怕惹出不好应付的事来，故用“八百”对“一千”之策，来个两情相抵。

李莲英身首异处之谜

1966年，“文化大革命”开始，红卫兵决定挖掘海淀区恩济庄六一学校内李莲英之墓。挖开一看，棺内只有人头一颗，肢体是用珍宝代替的。

据说，1908年慈禧太后、光绪皇帝一昼夜之间相继死去。李莲英失去了靠山，出宫后隐居西城棉花胡同私宅。宣统登基，由光绪的遗孀隆裕太后垂帘听政。隆裕的宠宦小德张是李莲英的死对头。他乘李莲英失势之机，联合群阉敲李莲英的竹杠。隆裕太后也下手谕责令清查严办李莲英，李闻讯，赶忙向江朝宗求救。原来江朝宗是袁世凯的心腹，慈禧在世时，他便与李莲英呼兄唤弟。江朝宗派人告知隆裕，对李莲英不要赶尽杀绝。隆裕畏惧“挟天子以令诸侯”的袁世凯，对江朝宗的话哪敢不听，故放松了对李莲英的追查。

小德张见江朝宗手眼通天，只好暂时罢手。为了与李莲英抗衡，他也把珍宝源源送进江府。江朝宗是来者不拒，他见李莲英已成一只困兽，而小德张正年轻有为，又是当朝隆裕太后的亲信，故乐于和他交往。小德张倍述了李莲英作恶多端的罪行，渐渐改变了江朝宗对李莲英的“慈悲”之心。自此，小德张更频繁出入江宅。

笔者与江家乃世交，20世纪30年代曾居住江宅南院，听江朝宗谈过李莲英与小德张之事，但他闭口不谈李莲英被杀的原因和经过。他的独生子江泽春（字宝仓）比较坦率，有一天，江泽春说：“溥仪做了皇上，隆裕太后想没收李莲英的财产，要不是老爷子（指江朝宗）出来替李莲英说话，早就把他的家抄了。有一天老爷子请李莲英在什刹海会贤堂吃晚饭，他万分感激老爷子救了他一家。席散之后，李莲英路经后海遇到了土匪，被暗杀了。在后海河沿，只找到了李莲英的人头。”

当时，笔者心生疑窦，猜测此事是否与江朝宗有关，但又不便细问。江泽春还谈到李莲英死后的一些情况。

李莲英被杀的次日清晨，李莲英之弟去拜见江朝宗。没等其弟开口，江朝宗便问：“令兄昨晚回家可好？”其弟说：“家兄昨晚在回家的路上被人给暗害了。”江朝宗故意大吃一惊，说：“你放心，我一定下令捉拿凶手。”当日，江朝宗又派江泽春到李宅“慰问”其家属。这才知道，昨晚李的家人见李莲英深夜不归，便派一家丁去会贤堂寻找，途中遇见李家的车夫和跟班的匆匆赶车往回跑，报告遇路劫和李总管被杀的情形。

三人急回宅中报告，举家慌乱，赶快派家丁把李的兄弟连夜叫来。又派人到后海寻尸，直到天蒙蒙亮时，才找到李的人头。他们几个兄弟商量，此事不能向外人公布。他们恳请泽春回禀江大人，不要下令追究，并请代为保密。然后，对外以病死发出讣告。

小德张一次堂会三千两

旧时达官显宦、富商巨贾遇有喜寿事或节日，要举行庆贺家宴。家宴时广约名伶到住宅唱一日或几日戏，叫做“堂会”。

清咸丰以来有四大权宦，他们是臧德才、安德海、李莲英和小德张。小德张在天津乔迁新居后，曾举办过一次盛大的堂会，竟花去白银三千两，素日往来甚密的名伶额外开销还不在其内。此举在津门引起哗然。

小德张原名张兰德，河北省静海县唐官屯人，晚年居住天津。因他的财产不计其数，在津时生活极为奢侈。他在天津郑州道建新居，用八亩地盖自己住的楼房，另外二亩盖民房，以便出租。小德张虽然识字不多，却很聪明，所有建筑的设计、画图都是自己动手。他认为，盖房子主要是地基要坚固，这样房子才能长久。所以，在打地基时，他每天都要亲自去看，并对工人们说：“你们要把地基打坚固，打一寸厚我给一寸厚的洋钱。”工人们当然高兴。于是每天下午二时，他便带着现洋百余元到工地视察，认为地基打得好，便把洋钱向基坑中一撒。工人们一面捡钱，一面喊："谢老爷赏！"小德张见状，哈哈大笑，以此为乐。

这幢楼房于1924年盖成。楼分前后，前楼自住，楼内地板都是软硬木镶嵌，花纹图案极其精美。另有专唱堂会的戏楼、玻璃厅，西边还有家祠、神堂等。专供唱堂会的戏楼，陈设非常讲究，可谓富丽堂皇。

小德张爱唱堂会，与他的经历有关。他入宫后，见慈禧太后爱听戏，并让太监们学戏，便认为这是上升的台阶，所以苦苦练习，并喜欢与艺人交往。他和谭鑫培、王瑶卿等御前吃供奉的名角儿都有往来。他的武生戏和小生戏都唱得好，有时也唱唱花脸腔，是一个功夫很深的票友。笔者曾见过一张他早年与名伶杨小朵合作演出的《破洪州》剧照，他扮演杨宗保，扮相相当帅气。

正因为熟悉京剧，故而他办堂会专请红极一时的名伶。小德张在新落成的戏楼里举办大型堂会共三天，请来的名伶有杨小楼、余叔岩、王瑶卿、陈德霖、梅兰芳、程砚秋、尚小云、荀慧生、王又宸、郝寿臣、侯喜瑞、李万春、筱翠花等，真是名角如林，可以说把当年的名角都请到了。三天堂会中所演的剧目都是戏院轻易不演的戏码，如王蕙芳的《探亲家》，杨小楼、郝寿臣的《连环套》，筱翠花、李万春的《狮子楼》，程砚秋的《玉堂春》。这次堂会的声势可想而知。

这次堂会开销惊人，不算吃、住、接、送、抽（不少名伶抽鸦片烟），花去白银三千两。名伶们返京时，小德张还赠送了不少鼻烟壶、扳指等礼品。

清宫遣散太监趣闻

常有人和我谈起清宫遣散太监的事。此事笔者未得亲见，只是有所闻而已。

清宫遣散太监是从1923年7月开始的，也就是溥仪被冯玉祥逐出清宫的前几个月。虽然那个时候溥仪还住在清宫里，可是早已失去了帝王的威风。自退位以后，他那当年九五之尊的地位，也随之江河日下。宫内太监虽然表面上仍称他“老爷子”，暗地里却做些趁火打劫的事。因为宫里开销过大，难以支撑局面，溥仪打算将重华宫历代所藏珍品拍卖。库房首领太监阎金福知道，库内珍品早已盗卖不少，倘若查出，罪行匪浅，遂勾结其他太监放火将重华宫一烧了之。

事后溥仪将阎金福交慎刑司严惩。这时阎金福的党羽兔死狐悲，遂勾结许多太监，以索取欠薪为名联合罢工。溥仪早有遣散太监的打算，便乘汽车去北府和他父亲商量。最后决定只留少数太监在身边，其余一律遣散。

第二天，在众太监又来索薪闹事的时候，清宫护军警察队一面把守各殿，一面将众太监拘获，以十人为一排，押出宫外。太监们被迫从神武门出宫，一个个赤手空拳，连行李也不准带出去。他们出宫后无处可去，只好在北池子附近聚集不散。有的垂头丧气，有的破口大骂，直到夜间十点，还在街头“打盘儿”。最后由当时的卫戍司令王怀庆和警察总监薛之行前往弹压。先将无家可归者安置在景山后面两旁的雁翅楼内，后与内务府大臣荣源协商，宣布对遣散太监的临时措施：凡是总管一级的太监每人发一百元，首领一级的太监每人发三十元，其余太监每人发十元。

读溥仪的《我的前半生》，对遣散太监一事的各种原因写得很多，而当时太监出宫的情况几乎没有写。今天偶忆及此，聊以补遗。

当时被遣散的太监有五六百人，出宫后无以谋生。1931年春，突然从上海来了一个姓朱的人，下榻珠市口中国饭店，他的任务是招太监二三十人赴沪就业，月薪四十元至六十元不等。不久约有二十名太监搭车赴沪。事后闻知其出路之一是去做护工，当时上海医院女工工资太高，想以太监代替。

逊清的宫女和苏拉

民国建立之后，溥仪仍居宫内，照例每三年挑选一次宫女。凡应选的必须是上三旗旗人的女子，年龄十三四岁，身无残疾。凡幼稚子女及妃嫔之姐妹兄弟之女，不能应选。

每次挑选宫女，事先由内务府奏定日期，一般在3月份进行。备挑女子的人数每次约八十人左右。届期，镶黄、正黄、正白三旗各佐领女子在神武门外等候。写好排单，分旗安排，由首领太监引导入宫。不合格者，命出宫，凡选中者，教以宫规礼节，练习写字读书。

一旦选中之宫女，便与家人和社会隔绝，要服役十年左右，至二十四岁时才能出宫婚嫁。宫女们终日早起晚睡，主人稍不如意便斥责打骂。有的积劳成疾，有的受不了折磨便私自逃跑，更多人是装笨充傻以求被赶出皇宫。据档案记载，太极殿敬懿皇贵太妃处、长春宫瑾贵妃处、永和宫端康皇贵妃处、寿西宫珣贵妃处、储秀宫庄和贵妃处、重华宫荼惠皇贵妃处，每年因笨交出的女子计有十余名之多。

由于经费日益困难，又不断受到舆论的压力，清室于1923年9月决定释放大批宫女。瑜、瑾两太妃只好命各宫秀女，凡年满二十四岁的自行陈报，于旧历中秋节前一律释放，并赏洋一百元，自谋生路。但在那动乱的时代，这些女子没有谋生之路，出宫后有的出嫁成家；有的被转卖他处，或继为仆役，或沦为妓女；也有的无依无靠、孤苦飘零、饥寒交迫，最后悲惨死去。

苏拉，满语是“杂役”的意思。宫中凡搬、拉、抬、运等笨重的体力活，都由苏拉去做。

寿皇殿每日管供桌取饽饽、抬运的苏拉共九百二十八名，中正殿十七名、雨花阁三名、英华殿十八名、嵩祝寺六名、永慕寺六名、大高殿一百八十名、慈宁宫二十名。全月共用苏拉一千二百零二名，一年共用苏拉一万五千八百七十二名。后来，宫中使用的苏拉逐年渐少，一是由于小朝廷的杂役事务比过去少了，再是经费受限。

苏拉常和太监串通一气，内外勾结，大肆盗窃宫中金银珍宝。常常是太监把东西从库房偷出来，让苏拉带出卖掉分赃。内务府虽有规定，苏拉进出宫门，不但要持有腰牌，而且还要搜身检查，但仍无济于事——苏拉把金器银锭或藏在裤裆里，或藏在肛门里，依然能把珍宝盗出。

政坛旧事

ZhengTanJiuShi

《康熙字典》背后的灭门案

众人皆知的《康熙字典》是清政府召集许多学者集体编纂的。它依据明代《字汇》、《正字通》两书，加以增订，成书于康熙五十五年（1716），为中国古代收字最多的一部字典。由于它是奉康熙皇帝之旨编纂，并经康熙题名，因而变得神圣不可冒犯，为此还有不少人丢了性命。

乾隆时，江西有个叫王锡侯的读书人。此人一生追求功名，三十八岁才中举，而后屡试不第，无奈在家乡瑞州从事著述。对于《康熙字典》，王锡侯作了深入研究，认为辞书收字太多，寻检不便。于是他采用另一种编排方法，按字义把字“贯穿”起来，编成《字贯》一书。由于王锡侯的《字贯》避免了《康熙字典》中的一些缺点，故此书刊印后在南方各省广为流传。

不久，江西巡抚海成向乾隆皇帝递折，说王锡侯讥讪并恣意删改《康熙字典》，实属妄为不法，应革去他的功名，进行审讯。乾隆亲自查阅了《字贯》一书，发现《凡例》中竟然直书孔子及康熙、雍正、乾隆三位皇帝之名，毫无避讳之意。乾隆当即火冒三丈，断定王锡侯“大逆不法”，下令急速查处。同时，他还指斥想借此事捞油水的江西巡抚海成“既办此事，岂有原书竟未寓目，率凭庸陋幕友随意粘签、不复亲自检阅之理？”责骂海成“实属天良尽昧”，也应“严行申饬”。

《字贯》一案发于乾隆四十二年（1777）十月，经过三个多月查证审理，于年底结案如下：

王锡侯，妄为著述，不避圣讳，实属大逆不法，依大清律斩决。王锡侯受诛时年六十有五。

王锡侯之子王霖、王沛及孙子王兰飞、王海飞、王牡飞、王云飞俱于秋后处决。

原江西巡抚海成，从宽为斩监候，亦在秋后处决。

原江西布政使周克开、按察使冯廷丞均阅看《字贯》一书，不能检出悖逆重情，着革职，交刑部治罪。

两江总督高晋，失察《字贯》狂著书籍，照例降职留用。

实际上，《康熙字典》确实存在一些错谬，诸如：它虽征引了不少书籍，可有的书名、篇名错误或妄改，有的引文脱落，有的删节失当，甚至有断句错误；再如它拘泥于古代原有的训诂，在解释字义时往往不够确切或者失于简略。

发生在《康熙字典》背后的这场悲剧，揭示了清初统治者借大兴文字狱来巩固其封建专制统治的罪恶和残忍。至今思来仍令人发指。

巡抚办公尼姑庵

这里所说的巡抚，指的是清末民初时期两广巡抚陆荣廷。陆于清咸丰九年（1859）出生在广西武鸣县垒雄村，因父母早逝，家境贫寒，十岁时便外出成为一名流浪儿。在他十六岁那年，因偷了东西，为逃避衙役的追捕，躲进一座观音庙的棺材里睡着了。睡梦中，观音菩萨指点他快往南逃，而且越远越好，日后定有出头之日。醒后，他果真向南逃去。当他从两丈多高的城墙跳下时，竟安全无恙，他认为正是观音菩萨在保佑自己。

后来，陆荣廷贩过盐，当过兵，在军阀队伍里先后当过管带、统领等。1911年，他升任广西提督，1916年又任广东督军。紧接着，段祺瑞政府又委任他为两广巡抚。在征战厮杀的几十年里，他几番大难不死，逢凶化吉，都认为是观音菩萨保佑的结果。平时，他经常仿效观世音的装束，身穿白色素装，头裹白布长巾，腰系银色长链。1912年他荣归故里时，所办第一件事即是大兴土木，重建观音庙。寺庙落成之日，他亲自主持了盛大的庆祝仪式。然而，就是这个自认为虔诚信佛的人，经常做的是杀人放火、男盗女娼、偷鸡摸狗之事。

陆荣廷任两广巡抚到广州上任之时，正赶上当地盛行一种“开师姑厅”的风气。广东人把尼姑称为“师姑”，尼姑庵称为“师姑庵”。清末民初，世风败坏，一些达官贵人突发奇想，跑到尼姑庵去寻欢作乐。在妓院吃花酒叫“开厅”，到了尼姑庵，就变成“开师姑厅”了。陆荣廷很快染上了“尼姑瘾”，两天不“开师姑厅”便无心办公。后来，他索性搬到尼姑庵住下来，尼姑庵变成了巡抚大人的办公室。

上行下效，巡抚常驻尼姑庵，中下层官员也都仿效。不到半年，广州的妓馆式尼姑庵犹如雨后春笋般地冒了出来，妓院生意却冷淡了。一些名妓为寻求出路，不得不忍痛削去青丝，走进尼姑庵招揽生意。

陆荣廷常去“办公”的尼姑庵叫做“药师庵”，坐落在广州一个非常幽静的地方。平时，那扇黑漆庵门总是紧闭着的。熟悉情况的人都不走此门，而是沿着右边一条弯曲的碎石小路向里走。拐几个弯后，便看到一扇虚掩着的小角门，从此处进去即可隐隐听到木鱼声。白天这里非常安静，一到晚上，来往的人就多了。庵里的住持是觉持师父，她当过妓女和小妾，失意后来此做了住持。因有陆荣廷这样的人物撑腰，她胆子越来越大，公开对尼姑进行妓院式调教，精心挑选小尼姑让她们学习认字、吟诗、弹琴、作画等，学成后专门接待那些有钱的高级嫖客。“药师庵”一时名噪羊城，身价倍增。

有人戏谑地问陆荣廷：“庵堂改妓院，不愧为一大发明。只是如此公然行之，是否有污佛地？”谁知陆荣廷却振振有词地说：“尼姑兼妓女，一举两得，岂不是佛门功德无量吗？”

才子王壬秋戏弄张之洞

中国近代史上有个著名的才子叫王闿运，字壬秋，别号王湘绮，湖南省湘潭举人。他自幼饱读诗书，生性落拓不羁。处在清末民初那样一个动荡不安的年代，王壬秋无法施展抱负，平时以讲学为主，敢以诗书睥睨、戏弄王侯将相。他戏弄张之洞便是一例。

当年的湖广总督张之洞，祖籍河北省南皮县，在清末是个权倾朝野的“封疆大吏”。一次王壬秋到湖北，被张之洞邀入督府做客。一天，张之洞请王壬秋同往洪山检阅洋式兵操。张之洞得意洋洋地对王壬秋说：“我所练之兵，可以无敌于中国。”王壬秋听罢不作声。张之洞一连说了三遍，王壬秋仍然默然不语。张之洞不解地问：“王先生是不是以为所练之兵尚有不到之处？”这时，王壬秋才冷冷地回答道：“所练之兵毫无用处。我只需要二百名乡兵，不持兵器，只携带扁担绳索，即可阵前擒汝主帅。”张之洞听罢，哈哈大笑道：“有这么容易吗？”王壬秋一本正经地说:“你的兵将虽然精锐，但绝不会开枪杀手无寸铁的老百姓。二百人冲入阵，必有数十人冲至主帅马前，扁担绳索一起上，主帅必然受擒！”张之洞听此滑稽之言，不禁哈哈大笑，调侃地说:“王先生真是用兵如神啊！”

事后，有位朋友问王壬秋:“你怎么在张总督面前出此儿戏之言？”王壬秋解释道:“张之洞乘马阅操时，以八人围护马行走，如同乘坐八人马轿。而以四人轿载我后行，自以为元帅威风凛凛，不把我放在眼里。所以，我就以滑稽之言压压他那不可一世的气焰，岂真能以二百乡兵擒元帅？”

张之洞显然也知道王壬秋是故意戏弄他，所以二人谈话间，均心照不宣，一笑了之。

又有一次，张之洞在书房与王壬秋闲谈。张之洞自以为博学多才，对王壬秋说:“我可以算是博学，王先生可算是鸿词。你我合为一人，可以应当今博学鸿词科考之试了。”王壬秋听罢，心中颇为不悦，但又不好直接讥讽张之洞，便慢悠悠地回答说:“前代诸科所选，博学者多，鸿词者少，而不博不鸿者，几乎过半。学风极盛之时，尚且如此，全才确实难得。孔夫子说过，学然后知不足。今之少年，不学而足。中兴人物，并无中兴学风，可叹！”张之洞在当时是公认的“中兴名臣”，现在遭王壬秋巧言相讥，一时面红耳赤，默默无语。

若干年后，王壬秋在评论张之洞时还说:“张之洞是个看书人。所谓看书人则书是书，人是人，了不相涉，即所谓记问之学，博而寡要。”王壬秋的评论对与否姑且不论，但他在达官贵人面前从不阿谀奉承，表现了一个正直文人的本色。

民国五年（1916），王壬秋在家乡病逝，包括大总统黎元洪在内的达官贵人都为他举哀撰文。他的门生杨度在挽联上写道：“旷代圣贤才，能以逍遥通世法；平生帝王学，只今颠沛愧师承。”师生之间，可谓心有灵犀一点通了。

义士刘三葬邹容

1905年4月4日上海《申报》刊登了一条消息：“兹闻邹容于昨日黎明四点钟时，病死狱中。由某君派人收殓，髀肉尽消，空存皮骨。”

据同狱者章太炎说，邹容死状甚惨，不忍目睹，人皆疑为医师受贿害之。

邹容遗体放于狱方钉制的一口极简陋的薄棺内，弃置于狱外的万人冢。一位不知姓名的人，将刻有“周熔”两字的一方小碣埋于棺前。其时，在清王朝的虐政之下谁敢冒杀身之祸来殓葬这位革命志士呢?

消息传到日本，正在东京成域学校学习的刘三焦急不安。

刘三原名刘秀平，上海华泾人，平生嫉恶如仇，交友肝胆相照，人皆以义士呼之。刘三在日本留学时，十分钦佩邹容，两人结为生死之交。当闻悉挚友无人埋葬的消息后，刘三决定回国料理后事。

1906年初，刘三返回中国。他独自潜行至监狱附近的万人冢，不知哪一具棺材是邹容的。接连寻找数日，尚无法辨认。一日，刘三又到万人冢徘徊，遇一老狱卒，即上前悄声叩询。老狱卒喝道：“侬问此事，朝廷知道要杀头的！快走吧。”刘三递上十枚小银，老狱卒才附耳说道：“曾有人在棺前立石碣一方，上面刻着‘周熔’二字。”

翌日黄昏，刘三持一把小铲来到万人冢。凡棺前有泥土隆起者，都一一铲去仔细辨认，终于在一具已裂缝的棺前发现刻有“周熔”两字的小碣。“容弟，刘三看你来了！”刘三抱着石碣，悲不自禁。

回到华泾家中，刘三与妻子商定，就在自己的私有土地中选择地势较高的三亩，作为邹容之墓地。1906年4月3日，即邹容逝世周年忌日的凌晨，刘三雇了一条民船，唤了四位乡亲，行至万人冢之荒僻处。日落时分，他们将邹容的棺材连同石碣一并用毡毯包裹起来，抬到船上，星夜返航至华泾。等到灵柩安放入椁，封土入碣，天色已近拂晓。

秋瑾遗骨葬西泠

秋瑾是在清光绪三十三年六月初六（1907年7月15日）清晨就义于绍兴府城大街轩亭口的。直接杀害秋瑾的是绍兴知府贵福。秋瑾牺牲后，遗骸暂厝绍兴府山张神殿之北麓。

第二年正月，秋瑾的挚友当时文坛女杰徐自华、吴芝瑛，于杭州西湖中心点西泠桥畔购地安葬秋瑾。秋瑾墓与苏小小、郑节妇墓相邻。美人、节妇、侠女，三坟鼎足，真令千古西湖生色。会葬之日，至者达两千余人，由诸女士相继演说，闻者莫不泣下。吴芝瑛且题其墓门曰："呜呼！山阴女子秋瑾之墓。"

不久，营葬秋瑾之事为御史常徽所闻，即奏请朝廷平毁了秋瑾墓。秋烈士灵柩迁往湖南夫家。

辛亥革命胜利后，薄海同庆，经湘、浙两省商定，决定迎送秋烈士遗骨返浙，复葬西泠桥畔。南社著名诗人陈去病有诗记之云："湘江水碧楚山青，一棹冲风下洞庭。最是别情无限好，满携缣素返西泠。”

1912年10月23日上午10时，秋瑾女侠之灵柩由招商局轮船自汉口运送到沪。福字营司令长官刘福彪与全队军官及军乐队，携花圈至码头迎接。10月26日，上海各界召开追悼大会。会后，灵柩发引。前引有商团，马队十余骑，在沪的福字营牺牲队兵士及陆军第三旅各目兵，均执枪护送。后有刘司令长官乘马压弹而行，继是各界人士五百余人执绋恭送。中有彩亭两座，悬挂吊唁匾额。随后又有一亭甚为奇特，亭之四面扎以冬青，中储有面粉做成的大乌龟一只，上嵌百果。亭中粘一长长的纸条，条幅上书“此为前清浙江绍兴府知府贵福之小像”。此亭经过各处，见者莫不大笑。秋瑾之灵榇则装在炮车上，用白马驾之，并有女校学生在两边拉引。观者又无不肃然起敬。

秋瑾遗骨回杭，浙江都督设祭，各界代表用黏饼制成“秋雨秋风”（“秋雨秋风愁煞人”七字为秋瑾就义前之绝笔）四字之祭品，特别致祭。吴芝瑛撰《挽秋女士联》，曰：“今夕何夕？共诸君几许头颅，来此一堂痛饮。万方多难，与四海同胞手足，竞雄廿纪新元。”下署：“追挽革命流血烈士之灵，并告慰璇卿吾妹凌云一笑。”

是年12月8日，孙中山至杭，发表演说云：“去岁攻克南京，尤浙军之力居多。可痛者，最好的同志秋女侠一瞑不视。兄弟此来，固不仅观览西湖风景，亦将临女侠埋骨之所一施凭吊云。”第二天一早，孙先生即亲赴西泠秋社悼祭秋瑾，并面允担任秋社社长。同时写有挽联云：“江户矢舟忱，感君首赞同盟会；轩亭洒碧血，愧我今招侠女魂。”题额曰：“巾帼英雄。”下署：“鉴湖女侠千古。孙文。”

笔者曾有幸赴杭州，于西子湖畔瞻仰凭吊鉴湖女侠秋瑾墓。时值深秋，金风木叶，抚今追昔，不胜感慨，遂口占二绝以为追忆：

东瀛把酒拭吴钩，
一曲新词赋壮游。
此夜轩亭又秋雨，
鉴湖侠骨自风流。

衔悲仗剑怨尤深，
碧血黄花志士心。
万里风云忽作色，
每思遗恨泪盈襟。

黄花岗中女英杰

人们都知道视死如归的黄花岗七十二烈士，而参加起义的巾帼英雄梁梅玉却鲜为人知，她在这次起义中是军火的主要输送者。

梁梅玉是广东梅县人，幼时聪颖过人，成年后追随革命，有胆有略。梁女士婚后与丈夫李君在南京寄读，其时清政府腐败黑暗，她常在女界宣传革命，动员民众起来推翻腐朽的清王朝，故而名声远播。当时姚雨平闻其名，赞赏之余派人到南京邀请她赴香港，做自己的助手，共赴义举。梁梅玉于是年二月初五，携幼子由南京抵港到姚之总机关内，参与商议在广州举义大事。

当时清廷防备甚严，行人皆受检查，起义所需的武器弹药多由梁梅玉负责运送。虽面临危险，但她很镇静，对各种盘查都能应付裕如。起义前夕，因形势有变化，革命党人不能按原计划举义，导致内部意见不统一。梁梅玉见状心急如焚，怕多时的准备毁于一旦，遂走谒饶敬夫商议，并到双门底革命总机关黄林公馆，给起义预备子弹。翌日下午三时起义爆发，黄兴、林文率一队人马焚烧督署。但其他三队未能配合，黄兴等因寡不敌众而败遁。

起义失败后，广东水师提督李准严令所部按户搜查，并滥杀行人示众。其时梁梅玉已将入党的新军名册烧毁，储存的弹药武器投入井中。后来愈查愈严，清军包围了黄林公馆，梁梅玉避匿在邻居周氏家。李准在黄林公馆查找到井中军火，并搜到梁的照片，于是出重赏缉拿。梁梅玉困在周家一昼夜，于次日蓬首赤足、装疯卖傻乘轿出城，蒙混过守城的清军，逃出广州。

梁梅玉历经艰难险阻，来到了惠州同志所设的联络驿站，但主人唯恐受株连，只招待了一顿饭。她即乘轿至西濠口，搭船赴香港。梁梅玉刚到码头，清兵猝至。正在危急之际，梁梅玉巧遇昔日南京母校的一位洋教士。该教士对她早已熟知，并赞赏她的革命精神，遂出面保释，她幸免于难。

梁梅玉抵港后，即与各要人商议筹款，以图再举。后受托赴新加坡等地筹措巨款。武昌起义时，潮州、汕头响应，所用短枪多由梁梅玉在海外购得。潮州之役时，梁梅玉手持炸弹上阵，直入潮州府署。攻下潮州后，她押俘虏、缴枪械、编军民，无事不为，犹如七尺男儿。

1912年1月，袁世凯指令军阀张勋向南京临时政府进犯。为了保卫新生的革命政权，姚雨平指挥广东北伐军北上，梁梅玉随粤军北伐。南北暂告统一后，这位富有传奇色彩的巾帼英雄骤然隐迹乡里，成为一名不为人知的普通民众。

辛亥烈士无字碑

北京动物园会芳轩附近有一座辛亥革命烈士纪念碑。石碑底座呈正八角形，正中塔尖形的碑面上刻有“彭杨黄张四烈士之墓”的大字。

辛亥革命期间，同盟会在发展革命组织、发动武装起义的同时，辅以暗杀活动。同盟会暗杀团在1912年1月先后组织了两次暗杀活动，一次是谋刺袁世凯，一次是刺杀良弼。两次活动有四位志士牺牲，他们被埋葬在这座纪念碑下。

袁世凯是河南项城人，青年时代曾随淮军提督吴长庆去朝鲜，因协助朝鲜国王镇压汉城兵变，清政府奖叙他五品同知衔。回国后袁世凯在天津小站训练“新建陆军”。“戊戌变法”期间，他伪装赞成维新运动，暗中向清廷告密，用“六君子”的鲜血染红了他的顶戴，取得了慈禧太后的宠信。1903年，袁世凯借改革军制扩充北洋军为六镇，从此成为北洋军阀的首领。

辛亥年岁末，袁世凯为内阁总理大臣，成为掌握清政府军政大权的关键人物。他极端敌视革命派，很自然成为同盟会暗杀的重要目标。1月16日，革命党人杨禹昌、黄芝萌、张先培、严伯勋等四人经过周密的策划，决定在袁世凯中午出宫回府的途中进行截击。当袁世凯出东华门乘车东进时，隐蔽在茶叶店门前的严伯勋用力将炸弹扔出去。一声巨响，只炸死了车后一名卫兵，袁世凯的车则转入一条胡同，绕道遁去。严伯勋趁满街混乱之际迅速躲进茶叶店内，得以躲过搜捕。而隐蔽在附近伺机配合的杨、黄、张三位志士闻听爆炸声后持弹而去，不幸被军警发现逮捕，不久遇难。

当时迫于武昌起义后革命蓬勃发展的形势，清政府开始酝酿退位。当时官居军咨使的顽固派良弼却反对清帝逊位，他与一帮皇族成员组织宗社党，以君主立宪维持会的名义发表宣言，反对与革命党议和，还自请督师南下，与革命军一决雌雄。京津同盟会军事部长彭家珍认为，在反动营垒中，“有军事知识，且极阴险者为良弼，此人不除，共和必难成立”。他自告奋勇，亲赴良宅为民除害。临行前，彭家珍奋笔写就了绝命书，以示必死决心。他写道：“共和成，虽死亦荣，共和不成，虽生亦辱，与其生受辱，不如死得荣。”

1月26日，正值辛亥“腊八”，彭家珍探知良弼等亲贵将于次日到内廷，决定借领赏腊八宝粥之名趁机将良弼击毙。行动那天，良弼外出未归，彭家珍登上马车想去寻找，没走多远，就见良弼的马车迎面驶来。彭家珍拦在马车前，将炸弹投出去。只听一声巨响，良弼顿时倒地，被炸掉大腿，后不治而死。彭家珍也被弹片击中头部，壮烈牺牲。

这两起暗杀事件，先后共有四位勇士壮烈牺牲。四烈士安葬后，人称这座墓地为“四烈士冢”。原拟镌刻四烈士碑文，但只有一面刻着杨禹昌烈士的碑文，另三面则因故未刻一字，人们就称之为“无字碑”。

天不假年蔡松坡

在辛亥革命的将领中，曾经立下汗马功劳，又不幸短命而死的，要数蔡松坡将军了。蔡松坡即蔡锷，松坡是他的字。云南起义、反袁成功之后不久，蔡锷即病死日本，年仅三十五岁。

蔡锷年轻时是梁启超的学生。梁启超二十四岁时在湖南时务学堂当教员，十六岁的蔡锷是他的学生。戊戌变法失败后，梁启超亡命日本，蔡锷也随之东渡，入日本士官学校。后与蒋百里同为该校的高材生。回国后任云南新军协统。辛亥革命之后，蔡锷被举为第一任云南都督。袁世凯一是看中蔡锷是个了不起的军事人才，二是不放心他在云南任都督对西南的影响，便想法把他调到北京。为羁縻、利用蔡锷，袁世凯委以昭威将军、参政、经界局督办等重要官衔和职务。为了调和北洋内部的矛盾，袁世凯有一度甚至想用他为陆军总长。

蔡锷在北京时，公馆在宣武门外棉花胡同。经常到他家来的客人，是他在东京留学时结交下的好朋友杨度。在袁世凯面前一再替蔡吹嘘的就是此人。待到筹安会正式开张，蔡锷便策划反袁。袁世凯知蔡锷不为己用，又有所活动，便授意其爪牙——执法处处长雷震春演了一出“搜家戏”，假装不知是蔡公馆，派人闯入蔡宅翻箱倒柜，大举搜查，一想抓住把柄，二想对蔡锷施加压力。蔡锷在京如处虎口，不得不积极谋脱身之策离开北京。

蔡锷在1915年12月19日回到云南。25日，云南宣布独立，蔡锷率领三千余人北上进军四川。这就是著名的“云南起义”。

袁世凯的八十三天皇帝梦幻灭后不久，这位被传为“蛤蟆投胎”的“洪宪帝”也归天了。云南起义的蔡锷将军和第一个写反袁檄文《异哉，所谓国体问题》的梁启超，都为这一战役立了首功。但令人痛惜的是，蔡将军已经得了不治之症。他得的是喉咙痛病，越痛越厉害，不能咽东西。7月11日，蔡锷在泸州给在上海的梁启超电云：“锷喉病自德医阿蜜思施治后，肿痛更甚，饮食俱难下咽，发音更微，闷楚殊胜。”蔡锷8月底到上海时已不能说话，后即东渡日本就医，于1916年11月8日在日本去世。死后北洋政府追赠他为“上将”，灵柩回国葬于长沙岳麓山，与爱晚亭、湘江波影互相辉映。

袁世凯的石室金匮

袁世凯在1912年2月暗中与南方革命政府达成清帝退位后选自己为临时大总统的协议后，即胁迫清帝退位，并推翻孙中山建都南京之议，妄以清帝“委任”建立民国和北方各省军阀政客“拥戴”的名义，在北京组建临时政府。又于是年10月，召集兵痞流氓等组织“公民团”包围国会，迫使国会选举自己为大总统。从早上八点直到下午十点，投票三次，袁世凯始获当选。

不久，袁世凯又规定大总统不向国会负责，而是总揽政治大权。之后，袁世凯又解散国民党和国会，修改选举法，规定总统可以终身连任，还可以指定继承人，从而使自己成为终身制的独裁者。于是，有无耻政客向袁世凯进谏条陈，要他效法清代建储制度，著为国典。袁世凯即下令：“中华民国大总统继承人，由大总统亲书三人，按先后顺序继承，特设石室金匮之制。此令。”

这座石室建在居仁堂之右的一小土山上，为四方形，全用青白石筑成，用混金锁键锁固。金匮藏置石室内正中，匮内又有镂雕金龙金盒，盒内藏有继承书一册。此书全用线装，黄绫书面，红绫包角，长一尺，宽六寸，全书共十页，书面由袁世凯亲书“万民攸赖”四字。书中首页又由袁世凯亲书“中华民国”四字。再次一页即为有三红格线之页，每一竖格顶格书写一继承人姓名。

1916年元旦，袁世凯粉墨登场，登基称帝。不料，护国军声威大震，各地纷纷独立，袁在“无可奈何花落去”的情况下被迫取消帝制，恢复中华民国。此时袁世凯已众叛亲离，四面楚歌。独夫民贼终于一败涂地，忧愤成疾，于同年6月6日，在亿万人民唾骂声中死去。

袁世凯死后，由黎元洪任大总统。黎于6月7日上任，至6月9日，为了了解袁世凯在生前秘密建储之事，亲赴中南海藏匮石室，由指挥官徐邦杰呈递石室钥匙打开石室。入室后，再呈递金匮钥匙，打开金匮。黎元洪从金匮中取出金函，遂令随从一律退立门外，然后自己展阅金册。阅览指定继承人姓名后，即纳册于怀中。

第二天，有一个挚友去问黎元洪，三个继承人都是谁？黎仅说第一个是他自己。那个朋友说，我早已料定如此。黎又说，我做总统，乃中华民国合法之总统，岂待项城一笔之功。再问其余的两个是谁，黎说：“我若说出，天下皆知，岂不多生枝节。”

后来时过境迁，黎便说出其余二人，一为徐世昌，一为段祺瑞。但据知情人后来透露，原来的第一继承人是袁的长子袁克定。帝制失败后，为掩人耳目，袁世凯遂亲自将袁克定易为黎元洪。

朱瑞进京和“衣履备载”

朱瑞是清末民初袁世凯担任大总统时的浙江省督军。在南方各省的革命力量兴兵讨袁时，他宣布保持中立。袁世凯在帝国主义列强的支持下取得胜利后，即电召朱瑞进京述职。

朱瑞奉命进京，心中忐忑不安。他来到总统府承宣处，一位承宣官关照他说：天气炎热，朱督军不是外人，可换下大礼服，穿便装进见。当朱瑞到更衣室穿上为他准备好的便服和布鞋后，发现“衣合体，鞋适脚”，不禁大吃一惊。他认为这分明是提醒自己，自己的一举一动、所作所为，甚至包括穿多大衣服和鞋子，总统都知道得一清二楚。袁世凯在接见他时说：做人之本在一个“诚”字，乱党兴师时，你如果认为我有负于民国，可以兴兵讨伐我；如果承认我是合法总统，则应服从我，而你却宣布保持中立，岂非首鼠两端？朱瑞对此无言以对，好在袁世凯并不想听他说什么，即令他早点“回防效力”。

朱瑞回到杭州后，仍然对“衣合体，鞋适脚”之事惊魂未定，对身边工作人员疑神疑鬼，搞不清究竟谁是上边派来的暗探，但也不敢全部换掉，怕引发更大的事端。

其实，朱瑞完全是虚惊一场。这“衣合体，鞋适脚”并不是什么暗探特务所为，而是从北京“内联升”鞋店和“永增军装局”的《履中备载》、《衣中备载》里得来的。

“内联升”鞋店是清咸丰年间河北武清人赵廷创建的，前店后厂，自产自销。“内联升”的含义是在大内当官的人穿他的鞋可以连升三级。所以开业后，人们图吉祥都到他的鞋店买鞋，尤其那些文官武将、大小官员更是纷纷前来购买，生意很是兴旺。后来，赵廷看到为这些官员做鞋，从量尺寸到试穿，取送要跑好几次，非常麻烦，于是就想出了一个既省事，又能拉主顾的好办法，即把清政府大小官员的姓名、年龄、住址、做鞋尺寸和特殊要求等都专门记录下来，汇集成《履中备载》。此后，为这些人做鞋既省事，又合脚，同时也给那些为官吏送礼的人提供了方便。这个办法果然使“内联升”生意越做越红火，故一直延续下来。

永增军装局是专门制作军装的，他们也仿照“内联升”鞋店的做法，把军中将领的衣服尺寸记录存档，称为《衣中备载》。后来，不但军装，连军靴、军帽、武装带、便服等也都记载得很清楚。

朱瑞是日本士官学校的毕业生，回国后当了地方的督军，对中国官场上这些“琐事”不很清楚，故使他想到了身边的暗探和特务。后来，据说他对袁世凯非常忠心，还特意买了一件价值八千块大洋的银狐裘衣送给袁世凯，作为总统赠送“合身衣履”的回报。

孙中山三救陈独秀

陈独秀在政治生涯中屡遭反动当局的通缉与追捕，先后五次被捕入狱。孙中山先生曾三次把他营救出来。

1919年“五四”运动爆发后，作为“五四”运动主将的陈独秀奋笔疾书，利用《新青年》和《每周评论》作舆论阵地，直接参战在第一线。6月11日晚，他与高一涵等在北京前门的“新世界”游艺场散发他亲自起草的《北京市民宣言》传单时，被巡警和密探当场逮捕，并押至警察厅。

陈独秀的被捕引起全国震惊。北京《晨报》、《北京日报》和上海《申报》、《民国日报》等全国各地报刊纷纷在显著位置刊登消息、评论，及各社会团体、名流、学者和青年学生的通电与函件。一时间群情激愤，“函电交驰”，强烈谴责反动当局的倒行逆施，要求立即释放陈独秀。

陈独秀被捕，引起孙中山的关注。他在上海一见到徐世昌、段祺瑞的代表许世英，就十分气愤地说：“你们逮捕陈独秀，做了好事，很足以使国人相信我反对你们是不错的。你们也不敢把他杀死，死了一个，就会增加五十个、一百个，你们尽管做吧。”许世英听了连忙说：“不该！不该！我就打电报回去。”

由于强大的社会舆论压力和孙中山的营救，北京当局不得不将陈独秀释放出狱。

1921年7月，中国共产党成立了。尽管陈独秀应陈炯明所聘，任职于广东省政府教育委员会，没有出席在上海召开的“一大”，但凭着他在“五四”运动中的声誉和威望，他仍被选为总书记。不久，陈独秀辞去广东省政府职务，悄悄回到上海。报纸为此作了报道后，引起法租界的注意，便派出密探侦察。一日，正在寓所楼上午睡的陈独秀和夫人高君曼被法租界巡捕逮捕，押解至巡捕房。陈独秀被捕，再次引起各界人士的关注。孙中山随即打电报给上海法租界领事，要他们放人。共产国际代表马林又请了一位法国律师承办这个案子。后来，由褚辅成和张继作为保人，法租界法庭以陈独秀宣传“过激主义”为名判罚白银五百两。这笔罚款数目不小，陈独秀无力负担，只好请当时在上海的汪精卫设法解决。汪又电请广东省政府，经孙中山批准，由广东银行汇给汪精卫一千元，才了结了此案。事后，陈独秀不胜感激孙中山的营救及帮助。

1922年8月，上海法租界及反动当局视共产党为洪水猛兽。在陈独秀正在寓所伏案写文章时，法租界巡捕房会同督察员黄金荣将他逮捕。事发后，陈独秀的夫人高君曼立即告之中共中央，并打电报给孙中山请设法营救。孙中山即打电报给上海法租界领事，要求释放陈独秀以平民愤。此时长辛店铁路工会等发出紧急通电，声称如果宣判陈独秀就举行大示威，并大声疾呼："释放劳苦群众的领袖陈独秀！"在强大的群众运动的压力下，法租界当局不得不按孙中山电报所示放了陈独秀，以判罚四百元，草草了结此案。

孙中山关心卫立煌

孙中山先生领导中国民主革命，虽国事繁忙，日理万机，对身边的卫兵却十分关心，时刻把卫兵的生活、学习和进步挂在心上。国民党将领卫立煌当年是孙中山先生的随身卫兵之一。这里讲的是中山先生关心卫立煌的一个故事。

1916年，卫立煌十九岁，到广州投入粤军。因他身体强壮、机智敏锐、忠诚可靠，被推荐到孙中山先生身边的卫队当兵。中山先生和蔼可亲、平易近人，卫兵们都愿意亲近他，有时还和他拉拉家常。一次，卫立煌跟随中山先生外出。途中坐骑受惊脱缰，狂奔疾驰，把卫立煌摔下马来。卫立煌当时口吐鲜血，伤势很重。中山先生十分关心，立即派人将他送往医院进行治疗，并对生活、护理一一作了安排。经过一段时间治疗，卫立煌伤势基本痊愈。当时讨伐窃国大盗袁世凯之战刚结束，北洋军阀段祺瑞又解散国会，中山先生正在领导护法运动，誓师北伐，斗争形势十分严峻。中山先生慎重考虑后，亲切地对卫立煌说：“俗话说，伤筋动骨一百天，你必须好好休养。现在革命斗争激烈，环境很不安全。你家安徽合肥卫杨村环境好，又有母亲照顾，身体一定恢复得快，你暂时回家住一段时间吧。”卫立煌刚到警卫团不久时在与中山先生闲谈时，曾说过自己的籍贯和家庭情况，没想到中山先生还记在心中。卫立煌十分感激地说：“一切听先生安排，先生操劳国家大事，切莫为我这小事操心。”中山先生又说：“民主革命的任务还很重，革命斗争的道路还很长，你安心把身体养好，未来属于你们青年人。”卫立煌临行前，中山先生又厚赠川资。一位国家最高统帅，对一名来自农村的小卫兵竟如此关怀，这让卫立煌流下了感动的热泪。

卫立煌满怀对中山先生的感激之情，高高兴兴回到家乡。母亲遍寻民间验方为儿子疗伤。当得知用几味中草药煮一百个“喜蛋”（未孵化出雏鸡的蛋）吃了可以根治内外摔伤时，母亲立即照方办理。草药煮“喜蛋”，吃起来不是个味，可是卫立煌一想起中山先生的关怀与嘱咐，为了早日恢复健康去保护中山先生，便大口咽了下去。他坚持天天吃，吃到七十个“喜蛋”时身体就好了。他立即辞别母亲带着剩余的三十个“喜蛋”回到了广州。

孙中山先生见卫立煌满面红光地回来，十分高兴，不久便升他为警卫团排长，并鼓励他加强学习，刻苦锻炼，不断进步。卫立煌尽职尽责，一直跟随中山先生左右。中山先生发现他是带兵的好苗子，1918年，又把他调到许崇智部下任排长。卫立煌在参加闽西的一次夜战中，指挥灵活机动，反败为胜，战后晋升为连长。接着在与福建地方军阀作战中，他急中生智，勇破敌军，又立大功，提升为营长。1921年6月陈炯明叛变，卫立煌率部在东征中大破陈军，战果辉煌，擢升为团长，时年仅二十四岁。第一次东征胜利后，卫立煌荣幸地参加了孙中山夫妇重登永丰舰与讨陈（炯明）有功人员合影的盛典。孙中山赞赏他的勇敢善战，夸他是一位会带兵的年轻的团长，同时将一张十二寸的照片送给他，并在一张六寸的单人照上亲笔题字：卫立煌同志孙文赠。

卫立煌没有辜负孙中山先生的厚望，后来成为我国现代史上有影响的国民党高级将领。卫立煌后来在回忆中称：跟随孙中山先生的时期，是他一生中的“黄金岁月”。

段祺瑞鼻子能气歪

北京人在说到生气时，常用“鼻子都气歪了”这个词来形容。细观察起来，人在生气时，气得脸红脖子粗是有的，而真正气得鼻子都歪过去，还真少见。可是我国历史上确实有一位经常气歪鼻子的人，那就是任过民国政府执政的段祺瑞。

段祺瑞是北洋政府时期的皖系军阀，在清朝曾当过北洋武备学堂校长。此人刚愎自用，脾气特大，有人曾多次目睹过他把鼻子气歪。

段祺瑞的儿子段宏业是民国初年中国的“四公子”之一。他平生别无所长，唯下围棋的技术颇高。有一天，段祺瑞突发奇想，要试一试儿子的棋艺。一番鏖战之后，竟以失败告终。他认为丢了面子，于是大发雷霆，先是掀翻棋盘，然后指着段宏业大骂道：“你这个不肖之子，不学无术，什么都不懂，整天就会胡下棋……”骂着骂着，不但脸变红了、脖子变粗了，鼻子也真的歪过去了。

还有一次，是他寓居天津时，他的一个宠妾竟和他的长孙成了相好。他得知后不禁恼羞成怒，但碍于“家丑不可外扬”，便想悄悄地将其孙遣送回乡。大管家却不知其详，在段祺瑞面前常常提起当事人，简直是火上浇油，段祺瑞不由得脾气大发，鼻子又歪了过去。

以上所说均属家事。其实因公事发怒而气歪鼻子的事也时有发生，其中流传最广的是其“专使”徐树铮被杀一事。

徐树铮在袁世凯执政时任秘书长，后弃文从武，从日本士官学校毕业回国后，只身投靠段祺瑞。因其能言善辩，诡计多端，成为段之心腹，被委以高级参议之职。在此期间，徐树铮直接挑起直、皖战争，并枪杀了直系中的政敌陆建章。当时，徐树铮以宴请为名，把陆建章诱至天津中州会馆。酒足饭饱之后，二人携手步入后花园赏月。徐树铮说：陆兄可知今晚小弟请你赴宴的真实用意吗？我是一片诚心，让老兄做个饱鬼。未等陆反应过来，即跃出两名杀手，将陆击毙。

陆建章是实力派人物冯玉祥的姑丈，曾任北洋政府执法处长和陕西督军。陆被徐树铮诱杀，引起一片哗然。1925年，徐树铮赴京述职，而当时控制北京地区的正是冯玉祥。段祺瑞怕徐会遭杀身之祸，嘱其速返天津。但徐却故意在北京招摇一番后才上了回天津的列车。火车到廊房后，徐即被冯玉祥部下张之江扣押起来。徐树铮被带到旅部，只见陆建章之子陆成班走了出来。他对徐树铮说：“请恕小侄不恭，今专程赶来，是请老叔当个饿鬼。”言罢即将徐拖至房外就地枪决了。

段祺瑞闻讯，气得一句话也说不出来，鼻子又歪过去了。据说，他的鼻子一气就歪，除了脾气大之外，还与其面部肌肉分布不均衡有关。他每次气歪过去之后，过一会儿还能正过来，时间大概要多半天的样子。

张学良冀东认师

1924年11月间，在直（隶）奉（天）交战之际，一天，一支自称张学良先头部队的奉军，风风火火地开进了冀东抚宁县东部的沙河寨村号房子。当地百姓见状惶惶不安，吓得家家户户急忙将米面、钱财藏起来。因为，当地民间对大兵有“打粳米，骂白面，不打不骂小米饭”的说法，见兵就怕。

当时，村里有一位前清时的老秀才，名叫高玉瑞（字继武），生活穷困潦倒，家里只有一头刚宰完准备过年的肥猪和一条鱼。闻大兵进村，一时着慌，只好把猪、鱼顺手藏在了西厢房里的柴堆底下。

不多时，号房的大兵来到高家，一进院便东搜西翻，终于发现了柴堆下的猪肉和鱼。一个当官模样的人走过来对高玉瑞说：“你这老头子，还哭穷说家中啥也没有，这猪、鱼是啥？我看你这户还是满富裕的。便宜了你，不再找别的了。”说完，一挥手便让大家将猪肉和鱼带走了。

这一天的傍晚，张学良的大队人马真的进村来了。说来也巧，张学良就住在高玉瑞家。住下后，张学良礼貌地要见见房东。高玉瑞老先生也笑脸相迎，二人便和和气气地攀谈起来。张学良发现这位老人很有学问，谈吐不凡，对老人肃然起敬。

谈话间，高玉瑞便将先头队伍进村后如何翻抄老百姓的东西的事全盘端了出来，并暗示张学良部下纪律不严。张学良一听此事非常恼火，立即召集部下训话，对翻东西的那个军官给予严厉处罚，还让他公开向全村老百姓赔礼道歉。同时，令部下退回了所拿老百姓的东西。此举让高玉瑞老人对张学良非常钦佩。

张学良在高家住时公事很忙。可是只要一有空儿，便和高玉瑞老人谈诗论画，说古道今，聊得很是投机。有时二人对对联，高玉瑞出了上联，张学良对不出下联，张便称高为“老师”。高玉瑞有个孙子叫国平，当时刚五岁，活泼可爱，惹人喜欢，张学良给他照相，还特意派人从外地买来一个皮球送给他。

春节前夕，张学良拔营起寨，高玉瑞特备了一桌酒席为他送行。他在敬张学良最后一杯酒时吟诗道：“劝君更进一杯酒，打过滦河无敌手。”张学良感动地说：“领您吉言，老师保重！”言毕，双手捧杯，一饮而尽。

张学良在冀东这一仗，从抚宁县上庄坨一直打过石门寨、海阳，直捣滦西，势如破竹，大败了吴佩孚。

冯玉祥给吴佩孚送“寿礼”

1922年，第一次直奉混战爆发。直军大破奉军，奉军败退。战后，直系军阀首领吴佩孚支持曹锟控制了北京政府。位尊权重、大红大紫的吴佩孚决定大摆寿宴，以示庆贺。

左右北京政局的“吴大帅”做寿，谁不另眼相看。一时北京政府的大小官员、直军的大小头目、地方的名门大户及一切趋炎附势、附庸风雅的人，无不争送贺仪。大帅府可谓金银珠宝满箱、古玩奇珍满室、锦绣裘衣成山，歌功颂德的名家字画寿幛挂满厅堂，春风得意的吴佩孚应接不暇。时任直系河南督军的冯玉祥踌躇再三，也破例送了一份“寿礼”。

且说冯玉祥身为高级将领，却依然布衣粗食、朴实勤奋，保持着普通士兵和农民的本色。他忧国忧民、正直坦率、扶正压邪、不畏强暴、关心时局、反对腐败；从不对上阿谀奉承，也不准下级对他奉迎讨好；他严禁随意打骂士兵，严禁扰民、害民；只准上级请下级吃饭，不准下级请上级吃饭，只准上级给下级送礼，不准下级给上级送礼。这些规定保护了中下级军官和士兵的利益，因此冯玉祥被誉为“民主将军”、“布衣将军”。在吃喝玩乐、营私舞弊腐败风盛行的军阀时代，他被视为“异类”、“痴种”、“怪物”。所以，在吴佩孚眼里，冯玉祥既是一位难得的军事将才，又是一位桀骜不驯的怪人。自清末以来，外侮内患，天灾人祸，广大民众啼饥号寒，饿殍遍地，苦不堪言。吴佩孚却和其他军阀政客一样，花天酒地，作威作福，冯玉祥对其早已不满，对他借做寿之名大肆索礼敛财之举更为气愤。冯玉祥前思后想，忽然记起一则古训：“君子之交淡如水。”于是有了主意，立即派人到市场买来一只酒坛，灌满清水，加封后在封条上写了“君子之交淡如水”七个大字，送到了吴府。

冯玉祥给吴佩孚送寿礼，众人惊奇。吴佩孚则得意洋洋，万分欣喜。他认为一定是坛陈年佳酿，命人当众开坛，以示炫耀。开坛后却是一坛清水，一时哭笑不得，十分尴尬，于是自我解嘲说：“焕章（冯玉祥字）与我是君子之交。”

当时，控制北京政府的军阀大都是清朝的遗老遗少，冯玉祥受进步思想的影响，早已对军阀统治不满。他终于在1924年10月，发动了“北京政变”，驱逐了清室，取消了废帝溥仪的皇帝称号，囚禁了曹锟，迫使吴佩孚南逃。

之后，冯玉祥脱离了直系军阀系统，将所部改组为国民军，自任总司令兼第一军军长。

冯玉祥四次立遗嘱

著名爱国将领冯玉祥曾经四次立下遗嘱。

1932年，日本在上海接连挑起事端。冯玉祥满腔热情地赞扬奋起反抗的驻沪的十九路军“英勇可嘉，实抗日之先锋队也”，却遭到当局投降派的极端不满。冯玉祥感到生命受到威胁，为防止不测，特于1932年6月14日写下了第一个遗嘱，内容如下

我是当兵出身，我是穷小子出身，我是工农的子弟出身。我是为大多数工农群众谋最大幸福的，我是为民族求独立解放的。凡是有此决心而实行的，都是我的好朋友、好同志；凡是真能铲除不平等，都是我的同路人；凡是为自己打算而自私自利的，即是我的仇敌。至于我的子女一切，我亦不问，给他们自由发展……我的尸首最好是火化了，不论埋在何处均可。我是研究唯物

史观的，什么鬼神我全不信，万不可以什么宗教形式来葬我。

此嘱。

1933年11月，李济深、陈铭枢等在福建发动政变，成立中华共和国。冯玉祥极力支持，并发去电报，盼望他们能为人民挽回劫运。他的活动遭到国民党一些大人物的反对和记恨。在当时的形势下，冯玉祥随时准备接受反动派的通缉、坐牢和枪决。为此，他于1933年11月29日又一次立下遗嘱，部分内容简要如下：

我父亲、母亲的坟埋在峪道河，我死了亦埋在他们附近，常常在一起，我平安也。

我若是即刻为国家、为革命死了，我身后没有事可办，没有家可分，即照我写的这几句话做即可以了。

…………

这个遗嘱，表现了他为国家前途而甘愿牺牲自己和家庭的革命精神。

“七七”事变前夕，冯玉祥在南京积极从事抗日救亡活动。为了抗日救国，他随时准备献出自己的生命。在1937年7月1日又第三次立下遗嘱，简介如下：（一）非抗日不能救国;（二）要抗日须得民心、军心;（三）为抗日须找专家;（四）贫苦大众是国家的根基;（五）所得税遗产必收，以速供国防用。

日本投降后，冯玉祥的爱国言行再次遭到反动派的敌视。为防不测，1948年2月10日，他在自己的笔记本里用毛笔写下了最后一份遗嘱，再次谴责独裁统治的暴行。并说:“……（五）我没有什么东西，有几间房子都交给李德全夫人。（六）我死后，最好焚成灰，扔到太平洋。如果国内民主和平，真的联合政府成立了，那还是埋深六尺种树，不把我的肥料白白的完了，将来树长成，给学校和图书馆作桌椅用。（七）至于我的孩子……只要他们自爱，有双手就不会饿死。”

卫立煌掌劈地头蛇

卫立煌少年时期拳打地头蛇，为家乡除害的事，在合肥市传为佳话。

卫立煌，字俊如，生于1897年2月16日，安徽省合肥市东郊卫杨村人。幼年时读了几年私塾，因家贫辍学。由于生活困苦营养不良患有皮肤病，又无钱医治，身体很瘦弱。15岁那年，为了谋生，他前去投奔在和县当兵的大哥卫立炯。

行前卫母把卫立煌送到村头，再三嘱咐："出门要事事小心，找不到你大哥就快些回家。"卫立煌拜别母亲到了和县，恰巧大哥被新任安徽都督柏文蔚任命为军事学习班主任。大哥见弟弟到来十分高兴，一面给他增加营养、治疗皮肤病，一面让他跟班参加军事训练。

每日操练，学习拳击、擒拿等术，卫立煌勤学苦练，十分认真。经过两年多的时间，卫立煌的皮肤病痊愈了，身体强壮了，个头长高了，并练了一身硬功夫。1913年7

月12日，江西都督李烈钧响应孙中山的号召，率先在湖口宣布独立，举兵讨袁。7月17日，安徽都督柏文蔚也宣布独立，声讨袁世凯。卫立煌随大哥参加了坚守和州的战斗。和州失守后，卫立煌与大哥一起回家暂避。

卫杨村有个姓卫的地头蛇，自幼偷鸡摸狗，游手好闲，不干正事。他自恃身大胳膊粗，终日横行乡里，欺男霸女，鱼肉百姓，无恶不作，乡邻都恨之入骨，避而远之。卫立煌居家时就对他深恶痛绝，只因年少体弱，无力与他争斗。卫立煌闯外回乡，地头蛇认为他有点油水，便上门敲诈。一日，卫立煌早起到村外练完身体回家，地头蛇正在家中吹胡子瞪眼、拍桌子大喊大叫、要吃要喝。卫立煌进门，地头蛇视若无人，在他眼里卫立煌还是个毛孩子。卫立煌怒火中烧，心想：早就想教训教训你，你却找上门来了。他上前指着地头蛇问道："你想干什么？"地头蛇毫不在乎地说："大爷想找顿饭吃，要点酒喝！"卫立煌愤怒地说："姓卫的出了你这个败类，有饭喂狗也不给你吃！"地头蛇恼羞成怒，一拍桌子吼道："给也得给，不给也得给！"卫立煌怒火难遏，一个箭步冲上去，抡起劈山掌，不偏不斜正好劈在地头蛇的后脑勺上。地头蛇眼前发黑，觉得天旋地转，一个趔趄几乎跌倒。待缓过气来，他照准卫立煌一个封眼拳。卫立煌轻轻闪过，利用擒拿术借势双手扣住地头蛇的左手，后退半步用力向外一扭，只听咯吱一声，地头蛇疼得嗷嗷大叫。卫立煌往后一拽，用腿一绊，地头蛇摔倒在地，过了好一会儿才爬起来，耷拉着胳膊灰溜溜走了，从此再没有在街头露面。地头蛇自知在卫杨村难以立足，便悄悄地逃到外地了。

卫立煌拳打地头蛇像爆炸性新闻，很快传遍四乡，一时成了街头巷尾谈论的中心。尤其是卫杨村的男女老少，无不拍手称快，都夸卫立煌是为民除害的好青年。全村为此热闹了好几天。

陈赓勇救蒋介石

1924年，民主革命先驱孙中山为了建立起一支革命的军队，决定成立黄埔陆军军官学校，任命蒋介石为校长。第一期学员共五百人，其中三名佼佼者被称为“黄埔三杰”，他们是陈赓、蒋先云和贺衷寒。而三人中最突出者，当属陈赓。陈赓在湘军中当过四年兵，性格豪爽，足智多谋。

在学员入学后不久的一个晚上，学校突然失火，学员们见状，勇敢地投入到救火的战斗之中，奋战三四个小时终将大火扑灭。这一把火烧出了蒋介石的笑容，他对学员们的表现特别满意，尤其表扬了陈赓、蒋先云、贺衷寒等几人。9月份，孙中山在观看了学员们的军事演习后说：本党主义的实行，希望寄托在你们身上，相信你们定能完成党的使命。

10月10日，正是辛亥革命的纪念日。但就在这一天，受汇丰银行等官僚买办操纵的广州商团却发动叛乱，企图颠覆革命政府。10月14日，孙中山急电蒋介石，命他为总指挥，带领黄埔军校学生前去平定叛乱，保卫革命政权。当日下午1时，蒋介石带领学生三队、四队，乘船到广州东堤军校办事处码头登陆。次日凌晨，开始炮击西关。商团军招架不住，被迫西撤。编在机枪队里的陈赓一直冲在最前面，紧追不舍。追到一个墙拐角处时，突然涌出一队人马，向机枪队冲来。陈赓机敏地避开射击，迅速扑过去大声喊道："不准动，缴枪不杀！"那个商团军的小头目一听，吓得两腿发抖，站在那里不敢再动。陈赓命令道："把枪交出来！"那个小头目解下手枪皮套说："枪丢了，这里只剩下一把军刀了。"陈赓接过刀一看，刚刚磨过，闪亮而锋利，是一把好刀。他斜挎在肩膀上高兴地说："要得，要得。"正在这时，蒋介石带着几名护兵骑马赶到。陈赓急忙立正敬礼，并把缴获的军刀送上。谁知正当蒋介石欣喜地观看刀鞘上的饰物时，不提防一个商团兵挣脱看守，一个箭步冲到前面，从刀鞘中抽出军刀，以迅雷不及掩耳之势直向蒋介石刺来。说时迟，那时快，陈赓眼疾手快，一把抓住那人的手腕，同时脚下一扫，便把他放倒了。蒋介石躲过一刀，但马受惊扬蹄嘶叫，竟把他从马背上摔了下来。学生见状，立即上前搀扶，他推开众人骂道："娘希匹，学生不怕死，校长还怕摔吗？"他站起来，拍拍陈赓的肩膀说："很好，干得不错，我要嘉奖你。"

"黄埔三杰"中，蒋先云和贺衷寒都是以考试成绩优秀而获此殊荣的，而陈赓是因实际表现突出而受赞扬的。这次和商团作战，是陈赓第一次救蒋介石。在后来的东征等战斗中，陈赓还不止一次地搭救过蒋介石。蒋介石多次称陈赓是他最好的学生。由于政见不同，陈赓最后和蒋介石分道扬镳了。

“黄埔三杰”中，蒋先云于1927年在北伐战争中牺牲；贺衷寒参加了特务组织“复兴社”，成为该社“十三太保”之一；陈赓则加入了解放军，成为共和国的开国大将。

杨虎城将军与中秋会

著名爱国将领杨虎城，1893年11月20日生于陕西省蒲城县孙镇甘兆村的一户贫苦农民家庭。父亲杨怀福以种田为主，兼做木工，母亲孙一莲勤劳俭朴，治家教子严厉。杨虎城仅读过两年私塾，十三岁便到孙镇一家饭铺帮人拉风箱、干杂活挣碗饭吃。十五岁那年，父亲受仇人陷害，在西安被清政府绞死。从此全家生活的重担压在杨虎城肩上。为了安葬父亲，他与本村七户农民建立了一个丧葬互助组织——孝义会。

父亲含冤惨死，生活的艰辛和社会的种种不平，使杨虎城对清政府产生了刻骨的仇恨。他仰慕农民起义英雄，立志参加反清斗争。这一年中秋节，想起元末农民利用中秋节组织反元斗争的故事，便以孝义会为基础，邀集十几名志同道合的青年组成“中秋会”，并制订了简单朴素的政治纲领，即打富济贫，扶弱抑强，不侮辱妇女，同生共死。大家公推杨虎城为“中秋会”的首领。

在辛亥革命的影响下，1911年10月20日陕西省爆发了反对清政府的革命，杨虎城率领“中秋会”的成员毅然参加了民主革命队伍。但是，清政府推翻了，大权却落到了北洋军阀手里，农村的政治和经济状况依然如故，劳苦大众仍处于水深火热之中。杨虎城对此十分不满。于是，1913年他与“中秋会”的同伴们一起回家乡开展抗暴抵捐斗争，使“中秋会”的规模与声势不断扩大。当时蒲城县东南乡有个恶霸秀才叫李桢，他作恶多端，为害一方，民愤极大。在夏天的一天，杨虎城因事去姑母家，恰巧恶霸李桢带领一伙打手凶神恶煞般地在村里逼债，搞得全村男女老少惶恐不安。有人去找杨虎城商议对策，杨虎城怒不可遏，立即带领一伙强壮农民前去讲理。李桢不但不听劝告，反而破口大骂，动手打人。杨虎城怒火中烧，冲上前去抓住李桢就打。愤怒的农民一齐拥上去，七手八脚把李桢打死了。

杨虎城带头打死李桢，为民除了一害，名声大振，“中秋会”的名声更响了。因此，反动官府派大批差役四处缉捕杨虎城和“中秋会”的骨干。杨虎城不敢待在家里，便带领“中秋会”的成员四处流浪。这时，官府从澄城县解一批税款到西安。杨虎城获悉后，组织一支精干力量，乘黑夜将税款全部截获，用于“中秋会”的活动经费，买了一枝“曼利夏”步枪，从而壮大了声势。“中秋会”高举抗暴安良的旗帜，转战在同州（今大荔县）、朝邑、合阳

（今合县）一带。

1917年，皖系军阀段祺瑞解散国会，孙中山在广州组织护法军政府，并当选为大元帅，誓师北伐。陕西省以中华革命党人于右任、井勿幕为首，建立靖国军，杨虎城顺应历史潮流，带领以中秋会员为骨干的农民队伍投奔于右任，参加了靖国军。杨虎城被任命为左翼军第五游击支队司令，从此走上民主革命道路。经过艰难曲折，杨虎城终于成为名震神州的高级将领。

1936年12月12日，时任西安绥靖公署主任兼十七路军总指挥的杨虎城，与张学良将军一起发动了震惊中外的“西安事变”，促成了全国一致抗日，被誉为千古功臣。

李宗仁入主居仁堂

抗战胜利后的1946年9月，南京国民政府决定设立北平行辕，作为统管华北军事和政治的最高官署。行辕主任由李宗仁担任，办公地点设在中南海居仁堂。

居仁堂是清朝末年根据慈禧太后的旨意修建的，原名为海晏堂。此处本来是仪銮殿的部分旧址，八国联军入侵时被毁。慈禧从西安回来后，下令重建海晏堂，专门用来招待外国宾客。但是，海晏堂竣工不久，慈禧和光绪相继去世。后来袁世凯把总统府设在中南海，并在海晏堂办公，改称居仁堂。北洋政府时期，曹锟、张作霖等均到此小住，但都好景不长，匆匆而去。这次李宗仁奉命到此就职，摆在他面前的局势依然是十分严峻的。

李宗仁入主居仁堂，名义上是华北军政最高长官，实际上却有名无实，许多事情他根本管不了。李宗仁原是桂系首领，后来追随蒋介石，实行清党。但1930年又参加了倒蒋的中原大战，失败后退守广西。抗战时期，他先后担任第五战区司令长官和汉中行营主任，指挥了著名的台儿庄会战、徐州会战等，对抗战是有功的。他和蒋介石一直是面和心不和。他虽身为北平行辕主任，华北的大多数机构却直接听命于国民党中央主管部门。尤其是那些特务机构，向来是“见官大三级”，更没有把他放在眼里。就是机动权较大的空军也自恃为特权阶层，趾高气扬，不可一世。当时，行辕的一项重要任务是主持接收工作，各部门却各行其是，任意“劫收”，犹如饿虎扑羊，择肥而噬。只是在分赃不均，甚至拔刀相见时，才纷纷找到行辕申诉，要求李主任秉公而断。李宗仁只是个地道的和事佬。

有一次，军警和学生发生冲突，学生要举行游行示威，特务机关则要进行武装镇压。一场流血事件即将发生时，市长何思源紧急求见李宗仁。李宗仁找来特务头子马汉三说：“你们真要制造血案吗？”马汉三说：“学潮越闹越不像话，不死几个人是压不下去的。”李宗仁问：“打死学生，矛盾不是更激化了吗？”马汉三不语。李宗仁厉声说：“你赶紧把人撤回去，一切责任由我承担，如发生问题，我惟你是问！”这样才算把事情压了下去。事后何思源说：“如果不是李主任严令禁止，后果不堪设想。”其实，马汉三主要还是由南京指挥。

此后不久，李宗仁从南京开会回来，有人问他：“听说何思源市长已被解职，可有此事？”李宗仁说：“谣言！我在南京时，蒋先生从未提及此事。”但到第三天时，何思源果然被调走了。李宗仁是堂堂的北平行辕主任，北平市长是他直接管理的官员，撤换市长这么大的事，他却一无所知。他感叹自己连一个CC系报纸的记者都不如。于是，经过认真考虑，他毅然决定放弃这个上不沾天、下不着地的行辕主任，去参加副总统竞选。蒋介石对此虽大骂“娘希匹”，但挡不住李宗仁以一千四百三十八票的多数击败孙科、宣誓就任副总统。至此，北平行辕也宣布撤消。

傅作义的“最后一席话”

1948年年底，已是国民党军队和人民解放军大决战的最后时刻。时任国民党华北剿共总司令的傅作义，于12月15日召开紧急军事会议，研究下一步的行动策略。他说:“现在解放军兵临城下，大家看该怎么办？”向来以粗鲁莽撞闻名的独立师师长孙英年忽地站起来说出一个字：“打！”傅作义问:“还能打下去吗？拼完了怎么办？”“不成功，便成仁！”这句经常挂在蒋介石嘴边的话又从孙英年的嘴中溜了出来。“啪！”傅作义在桌子上猛击一掌，怒吼道:“想死还不好办吗？难道我们打仗就是为了死吗？再没别的路可走吗？”

傅作义所说的“别的路”指的是和谈之路，他想试着和解放军进行和平谈判。1949年1月4日，傅作义派出和谈代表和解放军进行第一次会谈。1月14日，傅作义又派副总司令邓宝珊会见解放军前线指挥部的林彪、罗荣桓等中共领导人。16日，邓宝珊带回一份和平解放北平的初步协议和林彪司令员的一封信。信中着重指出：如果傅作义不愿执行此协议按时撤出北平，解放军即实行总攻。傅作义当然十分清楚这几句话的分量，一旦攻城，北平这座美丽的古城将毁于战火之中，自己也将成为千古罪人。究竟如何抉择，他陷入了苦苦思索中。

傅作义有个习惯，即在作任何重大决策之前，总喜欢多听各方面的意见。现在，事关北平古城和几百万人命运之大局，当然更需慎重。他于当天下午发出几十份请帖，邀请在北平的各界名流学者晚上到中南海赴宴，其中包括徐悲鸿、许德衍、周炳琳、康同璧等著名人士。

在宴会上，傅作义简单介绍了当前的局势后说："下一步该怎么办，想听听各位的意见，再作决定。"面对这位名震中外的一级上将、华北剿共总司令，大家开始未免还有些拘谨，但片刻之后，见傅作义态度诚恳，也就把顾虑打消了。第一个发言的是康有为的女儿康同璧女士，她慷慨陈词："北平有着人类最珍贵的文物古迹，都是无价之宝，绝不能毁于战火。"著名画家徐悲鸿接着说："北平几百万人的生命财产系于将军一身，当前局势很明显，战必败，和则安，这已是个常识问题，毋庸置疑。"历史学家杨人梗说："内战已给人民带来重大灾难，不能再打了。望傅将军效法意大利建国三杰，流芳百世。如能顺从民意，采取和平行动，我作为一名历史学家，一定为您大书一笔。"大家各述己见，结论是一致的：只有和平之路，别无他途。

作为一名高级将领，在决战的关键时刻能诚挚地听取专家学者们的意见是难能可贵的，这也是傅作义不同于国民党其他将领的明智之处。这次谈话对傅作义在人生的十字路口上作出重大抉择，确实起到了异乎寻常的作用。这次会谈是他和学者名流的最后一次谈话，故被后人称之为“最后一席话”。

傅庆泰河边教子

傅作义将军在北京清河镇第一陆军中学（亦称军官预备学校）上学时，因喜交往、为人大方、讲义气、生活不注意节俭，欠了二十两银子的债。放假回家时，便以郊游为名向父亲要钱还债。父亲傅庆泰未责骂他，领着他出门向村外走。出了安昌村，小道崎岖，大地一片灰白，傅庆泰迈着沉重的步子走在前面，傅作义小心翼翼紧随其后。父亲不说话，傅作义忐忑不安，不知父亲的葫芦里装的什么药，父子俩向黄河边走去。

到了河汊，傅庆泰脱了鞋袜下了水，傅作义也紧跟父亲下去。时值初冬，寒气袭人，河水凉得刺骨钻心。傅庆泰板着面孔，指了指远处的渡口，终于开口了："当初我在这里背人过河，背到渡口一趟挣两枚铜钱。不冷不热时，多数人自己趟水走，严寒酷暑，找我背的人才多。所以愈是天寒地冻，才愈挣钱。我的钱就是这样挣来的。儿啊，你算一算，二十两银子，父亲我要背多少人过河？"

傅作义这时才知道，父亲是对他进行现身教育，惭愧地低下头，无话以对。傅庆泰深情地看了看儿子，大概是怕傅作义受寒，便领着他上了河岸。

父子俩紧靠河边坐下，穿上鞋袜。傅庆泰耐心地对儿子讲起了家史："咱傅家祖上世代务农，家境贫寒。我当家时依然是半年糠菜半年粮，自有了你们兄弟四个（长子作仁、次子作义、三子作良及一女），日子更加艰辛。你母亲下世早，多亏你继祖母（傅王氏）抚养你们。我起先从事背人过黄河的苦力活，后被雇为船工。干了几年，从牙缝里积攒了点钱，才同人合伙租船，从河津运煤到潼关。经过几年省吃俭用，积利渐多，才买了条船独家经营运输。1900年，八国联军侵占了北京，慈禧太后逃往西安，我运煤售给皇家，利钱较厚，积蓄渐多，才在荣河县（今临猗县）城开设商号，方有今日。现在富裕了，也得讲勤俭，勤俭是立家之本，不然金银再多也会坐吃山空。你闯外，混孬混好是你的时运，但在任何情况下，不能忘了勤俭。为人要守信，信是立身之本，借了钱一定要还，今后要吸取教训。"傅作义诚服地点了点头。傅庆泰又说："人不怕有过，就怕不改。"傅作义站起来，向父亲深深地鞠了一躬，说："我一定记住父亲的教诲！"

父子俩回到家，傅庆泰拿秤称银子。傅作义看着父亲称银子的手不停地颤动，二十多两银取上放下，称了约半个小时。傅作义心里像压着铅块，十分内疚。从此，傅作义在几十年的戎马生涯中，生活一直简朴，从不多花一文钱。他身居高级将领之后，依然不忘父亲在黄河边的教诲，并以此教育自己的子女要勤俭守信。

陈校长拒用其子

国民党高级将领陈诚的父亲陈希文，浙江省青田县高市乡外村人，祖辈务农。陈希文幼年入私塾读书，光绪末年中秀才。“戊戌变法”后改学新学，毕业于杭州初级师范学校，从事教育工作，后任青田县敬业高等小学校长。陈家有薄田，生活清贫。

陈诚天资聪颖，但幼年体弱多病，直到八岁才从堂伯父课读，九岁入青田县高市小学。陈诚活泼好动，非常调皮，课余时间常和同龄伙伴一起上山砍柴、放牛，下河摸鱼、游泳，体质渐强。陈诚性格倔强，经常与人斗殴，且从来不服输。因此，他经常受父亲责斥，乃至体罚。

1912年，陈诚小学毕业。陈希文决定他在家佐理家务，经营小本生意。陈诚力图深造，不愿株守家园，自作主张步行百余里，投考处州（今丽水）莲城书院，被省立第十一师范学校录取。陈诚入学后学习成绩很好，尤其爱好体育，对单杠、双杠、木马、足球、哑铃操等兴趣浓厚，逐渐成为全校有名的体育活动积极分子。在全校运动会上，陈诚曾夺得单杠第一名。他准备毕业后当一名体育教师，发挥自己的专长。

1917年，陈诚师范毕业。当时父亲陈希文任青田县敬业高等小学校长，该校正缺一名体育教师。以前，陈诚曾要求父亲为他安排工作，父亲以学校不缺教师为由拒绝。这次他想：这回父亲可没有理由再推辞了。陈诚高高兴兴回到家，谈及心事，陈希文就是不开口。陈诚急了，便托母亲问父亲。父亲对母亲说："学校是缺体育教师，但是，教师为人师表，德馨（陈诚的乳名）天性顽皮，不宜任教。"体育是陈诚的特长，学校又缺体育教师，本来是顺理成章的事。学校的老师们也劝说陈希文："校长，令郎师范毕业，学有专长，我校又急需一名体育教师，于公于私都好，是件两全其美的事。校长就答应了吧！"陈希文严肃认真、义无反顾地说："多谢诸位的好意，但是，我身为一校之主，万万不可录用自己的儿子。若是那样做，岂不成了人们以权谋私的笑柄吗？我主意已定，诸位不必再劝了。"不久，陈希文又另聘请了一位体育教师。

陈诚找不到工作十分苦闷。这时，同窗好友吴子奇将其妹吴舜莲介绍给陈诚，经双方父母同意，不久结了婚。婚后，陈诚仍然终日闷闷不乐，为自己的前途忧虑。仰仗父亲是没有指望了，他决心另找出路。妻子吴舜莲很理解他，翌年，便让他带着自己的嫁妆费，到杭州插班读体育学校。

陈诚体育学校毕业后仍然找不到工作。后来在同乡杜志远将军的帮助下，进了保定军官学校第八期炮科。1922年6月毕业，分配到浙军第二旅第六团三连当见习官。不久，补为少尉排长。两年后，他又投奔粤军邓演达，在粤军第一师第三团为上尉副官，旋任上尉连长。从此发迹，逐级晋升为民国一级陆军上将，成为国民党的党、政、军要人。

陈诚发迹之后，人们常常说起当年的事。陈希文总是说:“日后发迹是他自己的事，我当年不录用他，毫不后悔。”在那个时代，陈希文用人不讲私情，是难能可贵的。

犟父不认将军儿

胡镜清，浙江省镇海陈家埔朱家塘楼人。受族兄胡俊清的邀请，到孝丰鹤鹿溪定居。先经营药材生意，后在县内清丈田亩，办理田产买卖，以文书为业。其子胡宗南生于镇海，七岁时胡镜清将他带到孝丰县长住。

胡宗南八岁入私塾，十三岁进入孝丰县城高等小学堂读书，十七岁考入湖州公立吴兴中学，毕业后回孝丰县立高小任教。因对家庭包办婚姻不满，1924年春离家出走，在上海毛竹行章旭初的资助下，到广州报考黄埔军校第一期。1925年春天胡宗南毕业，分配到教导第一团第三营八连任少尉见习，后调任机枪连排长。以后飞黄腾达，成为黄埔系第一个进衔陆军上将和战区司令长官的人。

1935年，胡宗南升任第一军军长，驻徐州。父亲胡镜清从孝丰老家到徐州看他，一路风尘，问来问去，好不容易才找到第一军司令部。胡镜清详细说明籍贯、姓名、与胡宗南的关系，营门卫兵进去报告。胡宗南迟疑了一下，说："此人我不认识，叫他回去。"卫兵出来向胡镜清回报。胡镜清听了十分诧异，又对卫兵说："你一定传错了，他是我的儿子，我是他的老子，他怎会不认识我呢？你再去对他讲，叫琴斋（胡宗南的别号）自己出来见我。"卫兵不敢违拗，只好再去禀报。胡宗南见卫兵二番回来报告，立刻翻脸说："哪里来的混账老头，这样无赖，快把他撵走！"卫兵出来蛮横地说："快走！快走！里面无人认识你，再要无赖我不客气！"胡镜清跋山涉水千里寻子，又饥又渴，到了儿子的大门口，儿子不仅不接见，竟无理轰撵，于是气不打一处来，把脚一跺就走了。

卫兵走后，胡宗南立即派心腹副官跟踪父亲。胡镜清找了一家小旅店住下后，副官回来向胡宗南作了汇报。胡宗南这才化装着便衣带着三百块钱去旅店看父亲。胡宗南进门忙赔礼说："儿子军务在身，在司令部未能迎接父亲，望父亲宽恕。"胡镜清满面愠色不理他，胡宗南又说："以后你不要随便到司令部找我，现在给你三百块钱，你快快回家吧！"胡镜清闻听火冒三丈，大骂道："你当大官了，富贵了，不认亲生之父，我没你这个儿子，绝不癞狗求食，快拿走你的臭钱！"胡宗南再三解释，胡镜清只是不理。见父亲一时气愤难消，胡宗南便把钱放下走了，打算等父亲消消气再来赔不是。

胡镜清不愿再见到儿子，胡宗南走后，他钱也没拿，匆匆去找孝丰同乡借了点路费就回了老家。从此，胡镜清只当自己没有这个儿子，直到颈上生“对口痈”不治而死，也不认胡宗南这个儿子。

张灵甫鬻字

原国民党“王牌军”整编七十四师师长张灵甫是驰名疆场的悍将，而他还是位颇有造诣的书法家的事，却鲜为人知。

张灵甫，原名张钟灵，陕西省长安县人，1903年出生在一个农民家庭。幼年在本村私塾读四书五经。十岁进入小学念书。1914年考入陕西省第一师范学校。他国文成绩优良，对古文和旧体诗词有浓厚兴趣。他热爱画画写字，尤工书法，经常临摹何绍基的字帖。每逢节假日，张灵甫便带着笔、墨、纸、砚，到西安文庙（即现在西安碑林博物馆）去临摹唐代颜真卿、柳公权等名家的碑帖。所以，他的书法应规入矩，功底扎实。

1925年，张灵甫在开封考取黄埔军官学校第四期，在上海接转入学关系时结识了国民党元老于右任。于右任是张灵甫的陕西同乡，也是著名的书法家。张灵甫对于右任敬仰已久，于右任对张灵甫的字也很赏识，便给以悉习的指导。从此，张灵甫潜心模仿于右任的字体，二人建立了师生之谊。张灵甫从军后一直没有歇笔，书法水平大有提高。

1934年，张灵甫在胡宗南部第一独立旅一团任中校团长，在陕北驻防。当时，军官的眷属都住在西安，张灵甫的第二个妻子吴海兰也住在西安。吴海兰是四川人，不仅天生丽质，而且贤惠正派，人缘很好。一次一位同事和张灵甫开玩笑，说看见吴海兰与青年男子一起看电影。张灵甫信以为真，以为吴海兰“不贞”，就枪杀了无辜的吴海兰。此举引起了西安妇女界及社会各阶层的强烈不满，西安妇女协会还取得了南京宋美龄和张学良将军的夫人于凤至的支持。南京政府迫于社会各界的压力，电令胡宗南将张灵甫押解南京查办。张灵甫善于带兵，很受胡宗南器重。因此，胡宗南对张灵甫既未捆绑，也未派人押解，而是让其自己去南京投案。

张灵甫匆匆上路，带的路费不多。他离开军营，经西安出潼关，走了不到一半的路程，囊中就告罄了。路途之中求亲无亲，告友无门，万般无奈之下只得摆地摊卖字。不料卖字很成功，他的字很受当地书法爱好者的赏识，写的字全部卖光了。于是，他没钱了就写字卖字，有了钱就再赶路。经洛阳、郑州、开封、徐州等地，一路写，一路卖，终于绝路逢生，摆脱了困境，到达了南京。

张灵甫被关进南京“模范监狱”。监狱对他另眼看待，没有关入一般牢房，吃住都有特殊安排，仍可自由活动。他每天除了吃饭、睡觉，就练习写字。监狱的监管人员纷纷向他索字，还有人求他写牌匾。他的字很快享誉南京，求字的人越来越多，当时南京很多商号的招牌都出自他的手笔。

“七七”事变后，在王跃武的保举下，张灵甫出狱重返军旅。为躲避舆论谴责，他将自己的名字由张钟灵改为张灵甫。

何香凝诗激张治中

1931年9月18日，日本驻中国东北境内的关东军预先炸毁南满铁路柳条湖一段路轨，反诬中国军队所为，以此为借口突然袭击沈阳北大营的中国驻军，同时在吉林、黑龙江发动进攻。中国军队（东北军）执行南京中央政府绝对不抵抗的命令，使日军得以迅速占领了辽宁、吉林、黑龙江三省。日军残酷屠杀东北人民，激起全国人民的极大愤慨。上海的大学生联合江苏、浙江、北平、天津的三千多名大学生，到南京向国民政府请愿，要求中央政府援助马占山抗日，收复失地。张治中将军奉命在国府大厅主持处理学生请愿之事。有人主张暴力镇压，张治中坚决反对，认为对学生的正义之举绝不能用暴力镇压。

正在这时，张治中收到著名爱国民主人士何香凝寄来的一封信和一件妇女褂子，要他转达黄埔毕业的将领们，要听听全国人民的抗日呼声。信中附诗一首：

枉自称男儿，甘受倭奴气，
不战送山河，万世同羞耻。
吾侪妇女们，愿往沙场死。
将我巾帼裳，换你征衣去。

张治中为这位“师母”的爱国热情和民族义愤所感动，自愧身为七尺男儿不能保家卫国，无脸面对国人。所以，他力促南京国民政府主席蒋介石写了一个手谕，表明政府有决心收复失地，答复了学生的正义要求。

第二年，淞沪抗战爆发。张治中看到第十九路军孤军作战大为忧虑，便主动请缨，率第五军以及中央军校教导总队参战。在出征的那天深夜，他郑重地写了一封遗书，表示尽忠报国的决心，要与日本侵略军决一死战。他说：“一个革命军人，首先要具有牺牲精神，而牺牲精神又必须首先从高级将领做起。这一役牺牲是应该的，生还算是意外了。”他到了前线，担任左翼军指挥官，先后在庙行、浏河、葛隆镇等一线阵地亲自指挥，与日军展开激烈战斗，给日军沉重打击。后来，日军大批增援部队赶到，张治中奉命率部退守常熟一线，以作持久抗战的准备。

张治中率部退守常熟之后，何香凝又前来慰问全体将士，并慷慨赋诗《赠前敌将士》，激励抗日将士：

倭奴侵略，野心未死，既据我东北三省，又

占我申江土地，叹我大好河山，今非昔比。

焚毁我多少城市，残杀我多少同胞，强奸我多少妇女，耻！你等是血性军人，怎样下得这点气？

张治中将军回南京后，在总理陵园附近的国民革命军阵亡将士公墓的中央，安葬了淞沪之役阵亡将士一百二十八人，寓“一·二八”事件之意，缅怀为国捐躯的英勇官兵，激励人们牢记日本侵略者的暴行，不忘国耻。张治中在追悼会上致祭文说：“此仇未报，衷肠若煎，誓将北指，长驱出关，收我疆土，扫荡凶残。”以安慰烈士在天之灵，激励抗日军民奋勇前进。

“一·二八”诗魂永存

1932年1月28日是令人难忘的日子。

“一·二八”事变爆发，十九路军和上海人民奋起抗击日寇。在中国共产党和各爱国团体的号召下，全国同胞一致要求抗日。蒋介石虽然以在野之身通电声援，受他控制的国民政府却按兵不动，并如惊弓之鸟，迁都洛阳。

在宋庆龄、邓演达等领导的“第三党”（即“民族解放行动委员会”）的带动下，不少爱国军官向军政部长何应钦请愿抗日，何置之不理。一天夜间，数十名军官乘车闯进南京鼓楼斗鸡闸一号的何应钦官邸，请缨援沪。何说，日本是世界头等工业强国，拥有现代化装备的陆海空三股军事力量，而中国连机枪大炮都要依赖进口，各地军阀口头拥护中央，实则各自为政，又有共产党到处“捣乱”。这样的局势，怎么能和日本人打呢?

话毕，一位军官针锋相对地质问他：“我是部长的学生，也给部长当过参谋。你经常说军人要保卫国家、爱国爱民，才算尽了军人的天职。‘九一八’事变，东北一夜之间沦亡，国民皆骂政府卖国、军人无能。国难当头之际，正是军人报国之时。难道您身为老师和长官，竟要我们当亡国奴吗？”一番慷慨陈词，驳得何应钦哑口无言。

不久，蒋介石出任军事委员会委员长，他同意爱国将领张治中的请求，让其率精锐的第五军出兵援助十九路军。十九路军和第五军在上海人民的支援下，打得日寇死伤万余，四易主帅。但终因国民党执行消极抗日政策，在敌强我弱、后援无望的情况下，不得已撤离前线。国民政府和日本签订了屈辱的《淞沪停战协定》。

但是，广大爱国军民在“一·二八”事变中筑起的血肉长城，使得日本侵略者再也无法重温像“九一八”事变那样侵占我大片国土的美梦。第五军营长朱耀华身中七弹，壮烈殉国。他牺牲前曾作诗《月夜巡视阵线有感》四首，读来令人泪下：

风萧萧，夜沉沉，一轮明月照征人。
尽我军人责，信步阵后巡。
曾日月之有几何？世事浮云，弱肉强争！

火融融，炮隆隆，黄浦江岸一片红！
大厦成瓦砾，市镇作战场，昔日繁华今何在？
公理沉沦，人面狼心！

月愈浓，星愈稀，四周妇哭与儿啼。
男儿百战死，壮士十年归！
人生上寿只百年，无须留连，听其自然！

为自由，争生存，沪上麾兵抗强权。
踏尽河边草，洒遍英雄泪，又何必气短情长？
宁碎头颅，还我河山！

这组诗充满了“壮士一去不复返”的悲壮气概。而在“一·二八”事变中怒骂敌酋而遭杀害的上海五洲药房经理项松茂生前所撰一副对联则表达了知识分子“士可杀不可辱”的刚烈气节：

平居宜寡欲养生，临大节则达生委命；
治家须量入为出，徇大义当芥视千金。

其实，在心为志，发言为诗。这诗魂就是我们的民族魂，永远激励中华儿女为国牺牲的豪情壮志。

宋哲元及其大刀队

宋哲元生于1855年，祖籍山东乐陵县，久居天津，其宅第人称“宋家大院”。宋家为武术世家，宋家兄弟及其儿女辈皆练武，家中专设兵器库房，存放刀、枪、鞭、剑等兵器百余件。

宋哲元将军倡导以武术练兵，在军中聘有专职武术教练，挥砍大刀即为其训练项目之一。其习武所用大刀，锋利坚韧，能削铜钱。

1933年春，日军占领热河，进驻承德。驻防通县、遵化的二十九军军长宋哲元，奉命急行军赶到长城要塞喜峰口抗敌。宋将军依据日军武器装备和所占高地之优势，以及其胜必骄之心理，决定以夜战、近战之战术取胜。深夜，宋将军选五百名大刀手奇袭喜峰口。将士们右手持刀，左手攀登，爬至山头，杀入敌营。大刀挥舞，东杀西砍，与日军血战，塞上千名日军全部丧命。翌日早晨，日军炮轰二十九军阵地。然于炮击之前，宋将军已率部撤离阵地，虽炮击三小时之久，却未伤及宋部之毫毛。待炮停，宋将军又率部回到原阵地备战。夜间，宋军头裹白毛巾，分两路包抄，袭击敌军。酣睡中的日军仓皇应战，结果又被大刀队杀得落花流水。从此，宋哲元的大刀队威震全国，令日寇胆寒。其时有儿歌流传：“手心手背，狼心狗肺，日本鬼子就怕中国大刀队。”

宋哲元部队曾多次被日军及伪军围攻，然抗日救国矢志不移，发誓“不丧权，不辱国，不说硬话，不做软事”，顽强抗敌，杀出一条血路。面对强敌，宋将军深知仅凭大刀作战绝难取胜，遂冒杀身危险，假任职于张家口海关的妹夫李武台之手下，将海关税券变为黄金，又四处托人，从国外购进新式武器，加强军力。

“七七”事变后，宋哲元将军于当月向全国发出自卫守土的通电，并一马当先，率部奋勇杀敌。不久，二十九军改编为第一集团军，宋哲元任总司令。后来，宋将军又调任第一战区副司令。

宋哲元将军因长年征战，操劳过度，1940年4月病逝于四川绵阳。他逝世前留言：“但愿还我山河之时，有人持酒相告，则哲元虽死之日，犹生之年。”

宋哲元将军收养孤儿

抗日战争初期，宋哲元将军收养了两名烈士孤儿。为纪念在喜峰口、罗文峪战役中以身殉国的烈士，宋将军为这对双胞胎男孩取名宋纪峰、宋纪峪。

1933年初，日本侵略军占领山海关，热河告急，平津受威胁。3月初，二十九军军长宋哲元率部开赴喜峰口至罗文峪前线。当时日军已占领隘口高地，军情险恶，困难重重。宋将军发出“宁为战死鬼，不做亡国奴”的誓言，精选五百勇士组成大刀敢死队，趁夜奇袭，砍杀日本鬼子千余人，缴获了大批武器，夺回喜峰口至罗文峪防线，取得了自“九一八”事变以来国民党军队在北方战线的首次大捷。这就是震惊中外的“长城战役”。

就在此次战役发起前，宋将军询问敢死队将士有什么要求。一位叫侯万山的班长说：“我妻即将临盆，家住北平，倘有不测，望将军体恤我孤儿寡妻，纵死九泉，我也甘心瞑目。”这位班长在血肉搏斗中壮烈牺牲。战后宋将军派员去北平给侯妻送去银元、米面。不久侯妻生下一对男婴。宋将军闻知侯家已有五个孩子，仅靠侯妻难以抚育新婴，即让夫人常淑清抱回遗孤，收为义子，取了纪念“长城战役”的名字。宋将军语重心长地嘱咐夫人：“此乃烈士遗孤，要像亲生儿子一样抚养，待他们长大成人，再告以家世，并还姓于侯，以继其宗嗣。”

当时宋哲元一家住天津，将孤儿接到家中，雇了两位奶妈好生喂养。“七七”事变后，宋将军奉命南撤，家眷留在天津。宋将军嘱托管理家务的宋雁行好好照料遗孤。

1939年2月，宋将军因病到四川绵阳休养，将夫人及部分子女接到身边，在天津留下四女儿景蕴和纪峰、纪峪，由宋雁行照料。这对男孩长得十分相像，聪颖秀气，惹人喜爱。他们后来到天津私立慈惠小学读书。1940年4月，宋哲元在绵阳病逝抗战期间，直到日本投降，宋家始终抚养两位遗孤。日军曾抓住宋雁行威逼利诱，严刑拷打，逼其说出纪峰、纪峪的真实身份。宋雁行一口咬定这两个孩子是宋家女佣的私生子，出于善行才收养了他们。宋雁行被折磨得遍体鳞伤，奄奄一息，他宁肯将自己的孩子交出来顶替，也不让这两个烈士遗孤受罪。

1945年日本投降后，在8月16日这天，宋雁行挂起宋哲元家眷的照片，让纪峰、纪峪等人给将军磕头，他含泪一遍又一遍地说：“日本鬼子投降了，孩子们平安无恙，也都长大了，您老人家安息吧。”1946年春，宋夫人常淑清到北京看望纪峰、纪峪，他俩已是十三岁的英俊少年，说长大要和二十九军一样，保卫国家，不让外国人再来欺侮我们。后来两人果然参军，服役于青年军二〇八师。

两个遗孤于1949年随宋夫人到了台湾。他俩成家立业时，宋夫人说明了他们的身世，劝他们按宋哲元的遗愿还姓归宗。他们虽然还姓，但对宋夫人仍以母亲相称，尽孝膝下，直到宋夫人去世。

抗战殉国的赵登禹将军

北京有一条街叫“赵登禹路”，是为了纪念著名抗战将领赵登禹而命名的。赵登禹1898年出身于山东荷泽的一个农民家庭。他自幼受山东人崇拜杀富济贫、除暴安良的英雄豪杰思想的影响，十几岁便拜师学艺，立志扫除人间不平。1914年，十六岁的赵登禹同几个弟兄一起步行十多天，到陕西投奔冯玉祥部队当兵，连长正是后来和他一起牺牲的佟麟阁。由于赵登禹训练刻苦，武艺超群，不久即被选为冯玉祥的随身护卫。

有一次，冯玉祥外出检阅部队，突然遇到刺客，赵登禹奋不顾身扑上去，把刺客打倒，使冯玉祥免遭不测。从1922年到1924年底，赵登禹因勇敢善战，屡建战功，很快就从排长升到团长。不久，国民党军队扩编，他又被提为旅长和师长。在冯玉祥身边，他学到不少治军和为人之道，如爱兵、爱民、抗敌救国等。这对他的成长起到了至关重要的作用。1931年“九一八”事变后，日军侵占东北激起了全国人民的愤慨。赵登禹意识到自己作为军人，报效国家的时机来到了。他在部队中提出“宁为战死鬼，不做亡国奴，誓与敌人血战到底”的口号，强烈地激发了全体官兵的爱国热情。1933年，在保卫长城的喜峰口战斗中，赵登禹带领官兵血战三天三夜后，又不顾身负重伤，亲率大刀队夜袭敌营，砍死日本炮兵大佐，使敌人遭到自侵华以来“前所未有的伤亡”。为此，赵登禹荣获国民政府颁发的青天白日勋章，晋升为中将师长。

“七七”事变后，抗日战争全面爆发。7月20日，日军向北平发动进攻，直逼南苑。赵登禹临危受命，就任南苑总指挥，和副军长佟麟阁一起镇守北平。28日，日军调集两万余人，在飞机、坦克、大炮的掩护下，向我方阵地发动猛攻。赵登禹以“与阵地共存亡”的决心持刀督战，带头向敌人冲杀。经过几次激战后，我军虽伤亡惨重，但阵地丝毫无损。下午，敌人又在装甲车的掩护下，从东西两面夹攻，使我军腹背受敌。副军长佟麟阁将军被敌机炸弹击中牺牲了，赵登禹虽已多处受伤，但仍顽强地指挥部队继续战斗。他身上血流如注，最后昏死过去，醒来时他对卫兵说：“军人战死疆场是本分，你告诉我老母亲：忠孝不能两全，儿子为国家战死，也算对得起祖宗了。”他战斗到最后一息，壮烈殉国，年仅三十九岁。

为褒扬赵登禹将军的功绩，国民党政府追授他为陆军上将。1946年，北京政府又决定把他生前住过的北沟沿大街改名为赵登禹路。

这条路位于白塔寺和西四之间，南北走向，但北头偏东，南头偏西，是一条斜街。据说，与此垂直交叉的平安里西大街将很快被打通，向西直到花园村，向东直达农展馆。那时，在十字路的街心花园中，人们可一睹赵登禹将军的英雄塑像，缅怀烈士的丰功伟业。

忧国剖腹续范亭

续范亭，1893年11月出身于山西省崞县一个农民家庭。早年参加同盟会，辛亥革命时任革命军山西远征队队长，袁世凯窃国后他组织西北护国军讨袁。“九一八”事变后，续范亭积极呼吁抗日救国，反对对日妥协。

1935年11月15日，续范亭来到南京拜谒中山陵，一路上心情格外沉重。

续范亭是孙中山的忠实追随者，对日本侵吞中国华北极为愤怒，到了南京目睹的却是歌舞升平、醉生梦死的景象。他和朋友聚会，有人主张到中山陵前哭陵，他说：“哭有什么用？大丈夫流血不流泪，只有热血才能把这些败类冲刷到人类行列之外。”他含着眼泪在旅店写下五首《绝命诗》，其中之一是：

赤膊条条任去留，丈夫于世何所求？
窃恐民气摧残尽，愿将身躯易自由。

12月25日，续范亭和几个朋友边吃边说：“我们不要小看市井之人，荆轲、樊于期，不是鸡鸣狗盗之辈吗？实际乃真正英雄，千古留名！”说完狂饮。之后他写下了《敦促抗日绝命书》，其中写道：“余北方之鄙人也。革命三十载，半生颇自爱。慨呼国已不国，我犹醉梦，愧无以对我同胞，更无颜见我总理。此次入都，两谒陵园，忧愤交并，拔剑穿胸。然犹冀领振臂，万众敌忾，为世界打不平，为人类振人格，和平之神，自当降临，于以救我民族于万一焉。余今以绝望，故捐此躯，愿同胞精诚团结，奋起杀敌，勿笑余之怯馁。”他买回匕首，准备舍身取义。

12月26日下午4时，续范亭来到中山陵的祭堂前，先向孙中山遗像深深行大礼，又庄重地诵读了《总理遗嘱》，字字铿锵有力。诵毕控制不住感情，哭了几十分钟，最后转到祭堂大殿右前方铜鼎后，紧攥匕首向自己腹部刺去。没有刺中要害，便拔出匕首准备向胸部再刺，但流血过多，匕首掉地，人昏了过去。随即被人发现送往医院。

当时，南京《救国日报》对此作了详尽报道，主题：“续范亭忧国自杀”；引题：“大丈夫无用武之地”；副题“以宝剑刺腹险死于总理陵前，发觉幸早即送中央医院医治”。标题上面横排“山河变色”四个大字。《救国日报》、《南京晚报》都写了评论，高度评价此举。续范亭住医院期间，冯玉祥、于右任、张发奎、孔祥熙等前来探望慰问，杨虎城、阎锡山、朱绍良、宋哲元、范朴斋、邵力子等发来慰问电。临出院前，张学良亲自到医院看望，两人谈得很投机。续范亭住院时在病床上写下豪言壮语：

将军应在沙场死，碧血胡为染绿苔？

在杭州休养时，抗日救亡运动在全国兴起，续范亭决心重返疆场杀敌报国，又写下了“浪花三尺横磨剑，歼虏将军莫偷安”的诗句自勉。这期间还写下《大无畏》一诗：

不怕死，不怕疼，不怕辛苦不怕穷。
养成一身大无畏，誓与倭寇决雌雄。

起草同盟会章程的马君武

马君武先生是中国著名的教育家，桃李满天下，有“南马北蔡（元培）”之誉。

1921年7月，广西陆荣廷政权被推翻后，时任总统秘书长的马君武被任命为广西省长，兼摄军务。这是孙中山先生推举的，他认为马君武“不贪财，不惜死，既能文也懂理工”，出长广西，又符合“桂人治桂”的意旨。马君武是个学者，军政活动本非其所长，但正如他所说：“由于朋友的感情、总理的命令，而且又是服务乡梓，所以不敢固辞。”

马君武在广西从政、任教期间，一贯是学者风度，书生骨气，“堂堂正正做人，清清白白做事”，很少官僚政客那些坏作风。

马君武担任省长期间，尽管陆荣廷部队骚扰活动猖獗，枪炮声时闻，但他仍然坚持实施振兴实业、修筑公路的计划。当时驻邕将领刘震寰对他说：“马博士，现在不是修公路的时候，陆福祥（陆荣廷亲信）已杀回来了，应该将各种款项给我充军饷。”马君武从容地说：“我素来不怕打仗，打仗早已成为中国的家常便饭。若说打仗不修公路，那就百政不办，若说不要修公路，就是叫我不做省长了。”刘震寰无言以对，便说马君武“神经不正常”。

陆荣廷在广西执政期间，逢法国驻龙州领事来访，便设酒筵款待，唯恐不周，但法领事态度十分傲慢。马君武接见法领事时，只饷清茶一杯，连香烟也不敬一支，而法领事反而非常谦恭，足见马氏声望之高。

1922年5月，陈炯明叛变，广西风声鹤唳。马君武遂从南宁迁梧州设省长公署，随行有家眷、职员、卫队，并携现款数万元。船到贵县停泊过夜，当时驻贵军队为李宗仁所辖的俞作柏部。俞欲索取船上武器和款项，马严词痛斥，拒绝俞的无理要求。俞部开枪射击，马君武毫不畏惧，在夫人彭文蟾挡护下幸免中弹，而彭夫人与卫士十余人当场被俞军打死。后来李宗仁从郁林赶来制止了俞的暴行，并向马君武慰问道歉。马君武义正词严大骂李、俞。彭文蟾葬梧州蝴蝶山时，马君武撰挽联云：

> 归我三年，如形影相依，那堪一死成长别；
> 思君永夕，念精魂何在，未必来生得再逢。

十年后，马君武在广西大学时又赋悼亡诗云：

四面枪声蓦地来，一朝玉骨委尘埃。
十年方洒坟前泪，万事无如死别哀。
海不能填惟有恨，人难再得始为佳。
雄心渐与年俱老，买得青山伴汝埋。

可谓情真意切。

马君武长桂十月，政令不出省会南宁，一筹莫展。终于1922年结束在广西的政治生涯，先后去了上海、北京。1927年回广西创办广西大学。

马君武掌广西大学时，曾将自己的治学经历写成《一个苦学生的自述》一文，发给学生以为勖勉。贫苦辍学的青年秦道坚无钱交学费，由粤来梧找马君武帮助。马君武见秦考试得第二名，便准他先行注册，后来叫他每天在化学室工作两小时。这样的半工半读给秦解决了学习和生活费用。秦道坚在校时研究出用稻草制造无烟火药，马即在科学月刊发表并给奖金、奖状。秦道坚毕业考试第一，又获学校特制金质奖章一枚。后来秦道坚赴美留学，回国不忘母校，称马君武为恩师。如今广西的著名教授和科技专家中，甚至海外的一些学者，不少是马君武培养出来的。马君武办广西大学时，白崇禧派军训主任和军事教官驻校。后因军训科目过多而影响学习，马君武坚决反对，叫学生不上军训科目回课堂上课。军训主任拿白崇禧的命令来压马君武，马君武说："你叫他来和我说。"他曾评论李、白主张的“自卫、自治、自给”的政策说：“三自政策，应该再加一自——自杀。”他也因此招致权势的记恨。

马君武平易近人，刚正不阿，有时还表现出滑稽玩世的态度。他能文精诗善书，暇时挥毫消闲，慕名来求手迹者很多，他一概不拒，但一些权贵要人请他挥毫往往碰壁。一次，马君武接教育厅发下来的登记表，要他填写“何时入国民党”，他鄙夷地只写上“同盟会章程是我起草”这几个字。

马君武是很爱他的故乡的。他曾任北京工业大学、上海大夏大学、中国公学等校校长，本来在外省任职的待遇和生活条件都比广西优厚、舒适得多，但由于他宏才硕德，有为桑梓服务的精神，所以长期留在广西办学。他五十岁时曾在开学大会上说：“把西大办好，就是我一生的事业。西大根基何日稳定，我即何日告退。”

“七君子”狱中题词

1936年11月22日，国民党制造了震惊中外的“七君子事件”。

“七君子事件”发生后，全国各界纷纷谴责国民党当局无理逮捕全国各界救国联合会（简称“救国会”）领袖的暴行，很快掀起了广泛的救援运动。

社会各界开展的声势浩大的救援运动，更加坚定了“七君子”为正义、为抗战而坚持斗争的信念和勇气。在囹圄之中，他们通过会客、写诗作文等途径表达自己力图救亡的抱负，面对随时可能降临的杀身之祸，他们抱定“准备高呼爱国口号，从容就义”的决心。他们赤诚炽热的爱国热情，深深感动了一直仰慕他们的高风亮节的青年看守文六。当文六提出祈望“七君子”书赠墨宝时，他们当即应允了这位有正义感的青年人的要求。

1937年7月9日，“七君子”相继在一张巨幅宣纸上为文六题写了各自的抗战词。当时年已六十三岁的沈钧儒首先执笔，书诗一首：“双眼看圜扉，苦笑喊前进。闻之为泪落，神往北几省。矫矫傅将军，力遏敌胆迸。联想及青岛，沈子吾夙敬。努力在前途，存亡悬一瞬。国难如此殷，吾侪乃见摒。哀哉勿自饭，驼耳犹知奋。”诗中赞扬了率部抗日的傅作义将军和主张抗战的青岛市长沈鸿烈，表达了自己身陷囹圄、报国无门的悲愤心情和矢志不渝的爱国主张。

接下来，邹韬奋的题词是“团结御侮”。李公朴的题词更是充满哲理：“老子说，天之道损有余而补不足。人之道则不然，损不足以奉有余。天道是自然的法则，我们应替天行道。”沙千里的题词则是：“非以役人，乃役于人。”章乃器所写的是：“秉出世观，下入世愿。”王造时所书是：“我们应爱和平，但更爱正义，反抗强权。”最后提笔的是“七君子”中唯一的女士史良，她满怀激情地写道：“敌人紧逼到这步田地，只有抵抗才能死里求生，才能获得真正的和平。”

在全民抗战呼声日益高涨的巨大压力的冲击下，国民党当局不得已在1937年7月31日上午，通过法庭宣布释放“七君子”。这天下午，经常为“七君子”诊病的苏州名医陈起云特地赶到狱中迎接。他拿出一把一面已请李公朴夫人张曼筠女士题绘了《高山远舟图》的折扇，请“七君子”在画的背面题词。“七君子”欣然命笔，再次共同书写了自己的抗战誓词，表达自己不屈不挠的斗志。

在这幅扇面上，“七君子”推举史良女士开笔首书，她的题词是：“我们要集中全国切力量抗战到底。”以下依次是：“我们不能有私见也不能有成见，时时刻刻一举一动都要顾到民族的利益”（章乃器）；“努力救亡”（李公朴）；“同心协力，抢救危亡”（邹韬奋）；“各尽所能，献与国家”（王造时）；“以牙还牙，以血还血”（沙千里）；“还我河山”（沈钧儒）。

这天下午五时二十分，“七君子”步出了设在苏州的江苏省高等法院看守所，结束了二百四十三天的囚禁生活。

孙中山的四具棺木

孙中山先生逝世后曾先后备有四具棺木。

第一具棺木为美式小楠木棺。1925年3月15日，即中山先生逝世后的第三天，其遗体运回北京协和医院进行防腐处理。据史料记载，遗体经防腐处理后，由协和医院院长刘瑞恒选用一具美式楠木棺装殓遗体（因水晶棺一时尚未运到）。

第二具为楠木玻璃棺。中山先生遗体入殓后不久，孔祥熙嫌原来的楠木棺太小，于是又换了一具大楠木棺。此棺为椭圆形，前端呈方形，棺中用玻璃作隔层，俗称楠木玻璃棺。揭开棺盖即可瞻仰到中山先生的遗容。

中山先生的第三具棺木为水晶棺。中山先生临终前，曾向家属表示，愿如友人列宁那样保存遗体，供后人瞻仰。治丧处在中山先生逝世后，即致电当时苏联领导人定购水晶棺。1925年3月30日，苏联特派专员多米诺夫将免费赠送的水晶棺护送到北京。该水晶棺长1.75米，高0.5

米，棺头宽0.65米，棺尾宽0.53米。棺的外盖及外层均系钢质镀镍，明亮可鉴。内棺系玻璃质，可透视内部。可是后经协和医院专家检查，发现此棺质地脆薄，易于传热，和列宁用的水晶棺不一样，加之长途运输，有几处出现孔隙，不宜长期保存遗体，故后来没用。

第四具棺木是紫铜棺，系由治丧处向美国定购，价值为一万五千两白银。此紫铜棺于1925年8月，由美商先运抵上海，暂时放在环龙路四十四号孙中山先生葬事筹备处，宋庆龄看了以后觉得很满意。1927年4月，上海葬事筹备处迁到南京，紫铜棺也随后运到南京暂时存放。

1928年12月20日，南京政府特派林森、郑洪年、吴铁城前往北京，紫铜棺也随车由南京运到了北京。翌年5月22日，在北京西山碧云寺进行了隆重的易棺仪式。由协和医院医生史蒂芬带领助手郭荣勋将中山先生的遗体加裹白绸，并给先生理了发。然后，由孙科、郑洪年、马湘为中山先生穿了内外衬衣、礼服、鞋袜，戴上手套。做完这一系列准备工作之后，才将中山先生的遗体移入紫铜棺中。此紫铜棺高0.65米，宽0.80米，长2.24米。据《中山陵趣闻》记载，易棺时，紫铜棺四周先用白绸装棉制垫，再加上白绸丝棉袋四十八叠，置于棺之上下两侧，遗体头部以下盖以锦缎方被。

四具棺木的安置情况为：小楠木棺当时暂存于北京中法中学。楠木玻璃棺于1929年易棺后，随中山先生的衣服、鞋袜一并封入西山碧云寺石塔内，此为中山先生的衣冠冢。苏联赠送的水晶棺，停放于北京碧云寺中山纪念堂，供人瞻仰。装殓孙中山先生遗体的紫铜棺，于1929年6月1日安葬于南京中山陵的墓室内，直至现在。

真假冯国璋墓

冯国璋，字华符（一作华甫），直隶河间（今河北河间市）诗经村人，人称“冯河间”或“冯诗经”。1916年袁世凯死后，冯国璋曾任副总统，次年又升任代理总统。1918年冯国璋被段祺瑞赶下了台，先后辗转河北故里及京津一带。1919年12月28日冯国璋在北京帽儿胡同寓所病逝。

冯国璋死前曾给继任总统徐世昌一封信，言及“希望和平统一，身未及见，死有遗憾”。于是，徐世昌利用这一点在冯国璋丧葬上大做文章。徐世昌在给国务院的命令中称，冯在“弥留之顷，犹以时局危迫促进统一为言，爱国之忱，溢于言表”。并令国务院，冯的丧式规格要参照袁世凯墓，由北洋政府负责监督施工。如此一来，北京的冯宅就车水马龙热闹非常。

这年2月2日，冯国璋的灵柩由冯宅起杠，经过两天的行程，于4日到达河间的诗经村。因当时冯国璋的墓穴尚未完工，没有办法举行葬礼，只好把灵柩暂时安置在冯氏家祠内。直到3月26日墓穴完工，才正式为冯国璋举行了隆重的葬礼。

冯国璋墓在诗经村的东北，占地约百余亩，墓区以绿瓦红墙环绕。墓门前有小石桥一座，墓门向南，为五楹琉璃瓦歇山顶式建筑。门内有三间四柱白石坊，其后有“河间冯公之神道”、“中华民国副总统、代理大总统冯公国璋之墓”两座高约五米的巨碑。碑后的神道两侧分列着华表、石翁仲、石马、石羊、石象等石雕。再往后为宫殿式通厦三重，最后是享殿，内置有石五供。殿后就是冯国璋的墓茔所在，其墓台高约五米，三十米见方，为白石砌筑，环列石狮以壮其威。在墓台的中间，筑有高二十五米的土坟包。整个墓区的多项建筑是颇具匠心的，气势非常恢宏。

冯墓在20世纪20年代初建成后，墓地屡遭破坏，但基本上只限于地面建筑。据当地人传说，这可能是因为冯墓营建时怕后人盗掘，在地宫里安置了毒箭和大量的炸药、毒气弹，故一直未有人敢动过。可是1966年夏天，天津师范学院的红卫兵硬是不信邪，冒着酷暑，风尘仆仆地来到诗经村，会同当地红卫兵一道掘开了冯墓。结果令人大失所望，里边除一口薄薄的棺材和一把军刀、一张相片外，别无他物。

红卫兵受了如此的“戏弄”，十分恼怒。于是他们走街串户访问，了解到冯国璋生前素有孝子之称，他的祖坟在距此十余里的半截河村。于是转移方向，到冯的祖坟继续寻找。在那里，他们终于找到了冯国璋的真墓。原来，在1920年3月25日的夜里，由冯氏的亲属和从北京雇来的杠夫，悄悄把冯国璋的灵柩埋在半截河村冯氏的祖坟内。从地面看，没有堆起的墓包。

红卫兵在墓内挖出阴沉木大棺一口，棺外裹以三层石棉布，每层之间涂以四道生漆。如此密封的棺木使得棺内的冯国璋尸体保存相当完好，肌肤仍富有弹性。由于在阳光之下暴晒，尸体很快变黑。之后，红卫兵将冯国璋尸体连同棺木一起焚烧。在冯墓中出土的殉葬品有银元宝、银币、玉烟壶、玉如意、翡翠戒指、猫眼石，以及珍珠等多种。

汪精卫墓探秘

梅花山在南京市中山陵西侧，古称孙权墓。它的山巅有个“观梅轩”，据说是当年汪精卫墓穴的所在地。汪墓的建筑自下葬到被毁，都是在秘密中进行的，故其内幕鲜为世人所知。

1944年11月10日，汪精卫在日本名古屋帝国大学附属医院病逝。两天后，日本人用楠木棺材将汪精卫的尸体用专机运回南京。伪南京政府成立了以陈公博为首的“哀典委员会”，决定为汪举行“国葬”。20日陈公博在林森路（今长江路）汪精卫的灵堂——“国府大会堂”宣誓就任“国府代主席”。23日举行国葬典礼，日伪各方委员为汪逆执绋，哀乐队开道，送葬队伍随棺柩从国府路、中山东路出中山门，抵达梅花山，葬入山巅已造好的钢筋水泥墓穴。伪南京政府曾准备为汪造一座规模相当大的陵墓，以同中山陵并列，造价预算为五千万。后因日本无条件投降，工程计划未能全部实现。

1946年1月15日夜，南京黄埔路中央陆军总部内，陆军总司令何应钦在主持关于处理汪墓的秘密会议，出席会议的有南京市长马超俊、宪兵司令张镇、陆军总部工兵指挥官以及陆军参谋长等。何应钦说："蒋委员长不久就要还都，汪精卫居然葬在梅花山，还和孙总理的陵墓并列，太不成样子！按委座电令，立即秘密平毁汪坟。大家研究一下，怎样妥慎地处理掉？"经过一番研究，决定由七十四军工兵部队执行毁平汪墓的任务，宪兵司令部负责内外警戒，不许任何人接近。

1月20日夜，工兵点燃了一百五十公斤炸药的导火索，但只炸开了汪墓外层钢筋水泥。经第二次爆破后，才炸开内窨，发现了楠木棺材。打开棺盖，只见尸体上覆盖着一面青天白日红旗，尸身着青色长袍马褂文官礼服，头戴礼帽，腰佩大绶。由于入棺时进行过防腐处理，所以整个尸体完好无损。马超俊市长进行了棺内检查，发现死者衣袋里有一张纸条，上有"魂兮归来"四字，是陈璧君的手笔，以示招魂。另外有一本汪精卫手抄的诗稿，其中多数诗曾在报上刊登过，但有一首绝命诗《自嘲》未具时间，亦未在外间披露过。这首绝命诗系汪死前所写，诗曰："心宇将灭万事休，天涯何处不怨尤。纵有先辈尝炎凉，谅无后人续春秋。"从诗中看出，汪自知将永被世人唾骂，故自我安慰"天涯何处不怨尤"。汪在即将西归时，已预知伪政权、日寇的寿命将终，故而发出了"谅无后人续春秋"的哀叹。

检查毕，由工兵指挥官指挥，将棺材送到清凉山火葬场，连尸体一起焚烧。铲掉汪墓后，为扫除遗迹，便在上面建起了一座“观梅轩”，并在山的南北两面开拓了两条小路，以方便游人游览。汪墓唯一的附属建筑，是位于东南面山坡下的汪精卫小祭堂，如今已改为游客品茗赏梅的“寿星宫”的一部分。

戴雨农戴山毙命

戴笠，号雨农，是国民党军统特务的头子。他仗着自己的特殊身份及和蒋介石的特殊关系，干尽了坏事。到抗战结束、日本投降时，他更以功臣自居，为所欲为，说一不二，到处指手画脚。他可以直接命令航委会为他派飞机，甚至连蒋介石的专机“美龄号”也能够乘坐。在接受日本投降的那段时间里，他充当接收大员，整天奔忙于全国各地，安排物资接收工作。

1946年3月16日，戴笠要乘专机从北京起飞，途经天津和南京，最后到上海。这次飞行任务最初安排的飞行员名叫赵新。此人接受过现代化飞行训练，是位技术较为全面的驾驶员。但是，那天早上，当一切准备就绪，赵新正要启动发动机时，忽见一辆吉普车疾驰而来，车上的人挥手示意，让他停止起飞。来人登上飞机后对他说：临时有变化，队长命令，改由张远仁替你飞上海，你马上回部队去，另有安排。

原来，这张远仁是个十分贪婪的人。他听说队里有飞上海的任务，便想乘机去那里做笔黄金买卖，捞一大笔钱。他和飞行队长同住在一个院里，平时关系也很好，便提出要求执行去上海的任务。队长清楚，他的飞行技术一般，这次又是戴笠的专机，如稍有差错，自己担待不起，所以开始还有些犹豫不决。张远仁又说：我去上海顺便做点买卖，也算上你的股份，一定能赚回大钱来。队长见钱眼开，便不顾军纪，答应由他替下赵新。

也是该着戴笠倒霉。这张远仁是旧式飞行训练出来的飞行员，没有接受过现代先进技术的培训，诸如利用无线电波、罗盘指导飞行技术等。所以在正常情况下尚可应付，如果遇到复杂情况，他就缺乏应变能力了。

专机到天津作短暂停留后，上午9时又起飞。开始，戴笠打算先绕道青岛，接电影明星胡蝶一起返回上海。但后来又说时间来不及，还是直飞南京吧。中午12：05，飞机飞临南京明故宫上空，正赶上雷雨大作，能见度极低。张远仁感到降落有困难，打算临时改飞上海或济南，但地面气象报告说，上海和济南天气也不好，于是只好穿云急降。在伸手不见五指的雷雨天气中，张远仁心中有些慌乱，三次试降均未成功，最后一次竟偏到江宁县去了。到下午1时，专机和地面联系中断。据江宁县报告说，当时有人看到一个黑影在雨中一晃而过，然后“咔”的一声将一棵大树折断，随即撞向戴山，先是一团火光，紧接着一声巨响便爆炸了，而后迅速燃烧起来。

机上包括戴笠在内的十一人全部被摔死。因大雨一直不停，无法抢救，尸体多被冲入山腰的困雨沟中。事后人们议论说，戴雨农撞死在戴山，滚进困雨沟，看来他起名字的时候就已经安排好了。后来，国民政府将戴笠葬于“灵谷寺烈士公墓”，其墓碑由国民党元老吴稚晖题写，上书“戴雨农将军之墓”。

上海滩宋中缚仇人

民国六年（1917），曾任中华民国袁世凯大总统秘书的洪述祖出现在上海滩。此刻，有一位少年默默地跟在他身后，这位少年已经寻找洪述祖四年了。说时迟，那时快，就在洪述祖抬腿上车之际，他一个箭步蹿上去，两臂如铁钳般地将洪拦腰缚住。这位少年原来就是大名鼎鼎的国民党元老宋教仁的儿子宋中。宋中所以历尽艰辛捉拿洪述祖，为的是报洪述祖的杀父之仇。

事情的原委是这样的：辛亥革命后，袁世凯篡夺了革命果实，孙中山去职下野，黄兴被解除兵权，章太炎脱离革命。只有宋教仁迎难而进，四处奔走，大声疾呼内阁制。在民国元年末的国会大选中，国民党大获全胜，这使宋教仁兴奋不已。他立即由家乡返回上海，一路上不断发表演说，抨击北京政府无能，力倡国民党组织责任内阁。袁世凯得知后，如芒在背，恨得咬牙切齿，于是设好圈套，以共商国事为名，邀宋教仁北上。有人劝宋教仁提防袁世凯暗算，他坦然笑道：“我宋教仁不畏死，奈何以死惧之？”

民国二年（1913）3月20日夜间，宋教仁欲乘车北上。就在进站之时，“砰”的一声枪响，宋教仁身子一晃，接着又是两声枪响，他皮箱落地，子弹击中后腰，立即失去平衡。旁边的黄兴急忙将宋教仁扶住，陈其美大喊：“钝初，你怎么啦？”宋教仁惊呼：“有人刺我！”鲜血从他的后腰流淌下来。于右任急忙截住一辆汽车，将他送进了铁路医院。凌晨4时48分，宋教仁气绝身亡，年仅三十二岁。

“为烈士报仇！”举国一片声讨声。缉拿凶手，顺藤摸瓜，这一查非同小可。原来那天开枪的刺客叫武士英，武士英的后台是江苏巡查长应桂馨，应桂馨的后台是内务部秘书洪述祖，洪述祖的后台是国务总理赵秉钧，赵秉钧之后台则是中华民国大总统袁世凯！

此时，谋杀宋教仁的凶手无论是前台的武士英，还是后台的应桂馨、赵秉钧、袁世凯都已纷纷毙命，只剩下洪述祖一人成了漏网之鱼隐匿了起来。所以，当他出现在上海滩的时候，很快就出现了本文开头的那幕。宋中将洪述祖揪住之后，向围拢来的人说出了真情。之后，北洋政府慑于全国舆论的压力，立即将洪述祖处以绞刑。

施剑翘枪杀孙传芳

20世纪30年代，曾发生过一起轰动全国的枪杀案，即侠女施剑翘当众枪击五省联军总司令孙传芳。

孙传芳是山东省泰安人，在军阀混战时期，有“好战魔王”之称。1925年，他任浙江、福建、江苏、安徽、江西五省联军总司令，趾高气扬，不可一世。可惜好景不长，第二年国民革命军从广东开始誓师北伐，孙传芳先败于江西，继失江苏，后被击溃于山东，五省地盘尽失。后孙传芳投奔张学良将军，待机再起。1931年“九一八”事变后，张学良宣布抗日，孙传芳才举家迁至天津英租界寓居，并于1933年和另一寓居于天津的大军阀靳云鹏联合成立了天津佛教居士林，以皈佛诵经掩其血腥之面目。

施剑翘的父亲施从滨原是山东督办张宗昌部第五师师长，驻守鲁南一带。1925年孙传芳与张宗昌互争江北地盘时，施被孙部击败，并被俘。解送至孙传芳前，孙竟下令立即处决，从而种下恶果。施剑翘的叔父施从云是辛亥革命广州起义之勇士，也被军阀所杀。为此，施剑翘满怀仇恨，终于在1935年11月13日，在天津居士林枪杀了军阀孙传芳，那一年她三十岁整。

枪杀孙传芳的具体经过，据那日曾和施剑翘坐同一排的张坤厚女士（清末重臣张之洞的孙女）回忆，天津的佛教居士林每周日都要请当时的高僧富明法师为居士们念经讲法。那天，施剑翘坐在孙传芳身后第二排座。当富明法师端坐讲坛上讲经说法，居士们聚精会神聆听时，施剑翘从衣袋中掏出手枪，照准孙传芳的后脑先打了一枪。孙突受枪击疼痛欲站起时，施剑翘又对孙放射一枪，孙当场倒地毙命。这时众人惊呆，只见施剑翘从容而立，取出早已写好的告国人书，散发给左右居士，并当众宣布枪杀孙传芳是为父报仇，与他人无关。接着她简要历述孙传芳的种种罪行，及其父被孙杀害之经过。一时，宣讲佛法的居士林经堂成了历数军阀累累罪行的公堂。最后，施剑翘向大家诵诗一首：

父仇未敢片时忘，更通萱堂两鬓霜。
纵怕重伤慈母意，时间不可再延长。

当时孙传芳的随从虽闻枪声跑来，但见施剑翘神色从容，持枪而立，都未敢妄动。直到警察局来人才把施带走。这时，富明法师重整法衣，向孙传芳的遗体作了一个

“送往生”的佛门仪式，并从内室拿出两床棉被，将孙的尸体裹好，由孙的随从抬上汽车送回府中。时年五十一岁的孙传芳从此进了“地府”。

施剑翘被捕后，天津法院曾判以七年徒刑。但社会各界一致呼吁免施之罪。当时冯玉祥、李烈钧、张继等国民党军政要员也声援各界，支持施剑翘。国民党政府乃于1936年10月下令特赦施剑翘。1979年施剑翘在北京谢世。

川岛芳子生死之谜

川岛芳子原名金璧辉，乃清肃亲王奕善的第十四女，生于日本东京。三岁时拜曾任清室顾问的日本人川岛浪速为义父，并寄养其家，因又名川岛芳子。金璧辉聪颖异常，又是清室贵胄，遂被日本军政界看中，对她进行间谍训练。“九一八”事变后，金被派往东北及京津沪等地，为日本侵略军效劳。“七七”事变后，金受多田骏提拔，任伪华北人民军总司令，搜集情报，屠杀抗日军民，罪大恶极。抗战胜利后，1945年11月，金被捕归案。后经河北省高等法院审讯，判处死刑。

笔者一朋友当时在新闻界，据云，1948年3月15日5时许，他得知处决金璧辉的消息后，便和一位摄影记者驱车至德胜门外第二监狱。谁知抵二监时，只见一切如常，看不出有任何戒备。询问值班人员，才知不在二监行刑，于是又赴宣武门外姚家井第一监狱。抵达一监时已6时20

分。这时已有不少记者在会客室与吴典狱长争吵。原来吴不准记者入刑场观看行刑，理由是南京有指示。但这时有美联社记者早已进入刑场。6时40分枪响，金伏法。

枪响后二十分钟，始得见金尸停在一薄棺材板上，仰面朝天，身着灰色棉囚衣，内穿绿色毛衣，两手紧握，脑后中一枪，子弹由两眉间穿出。脸上虽有血污，但能清楚辨出死者确为金璧辉。

由于冀高法院不准中国记者入刑场观看执行金犯死刑，却对美国记者放行，遂引起北京新闻界义愤。不少中国记者到石碑胡同中央社分社议论此事，并起草新闻稿，声称："冀高法院不准中国记者亲临现场观看金犯伏法。事后虽将尸体抬出，任人家观看，但尸体面部已血肉模糊，实难辨出死者为谁……"中央社系向全国发稿，因此各地产生金璧辉未死，枪决者系替死鬼的流言，一时金璧辉生死竟成一谜。其实，金被处决真实如上述。

金死后，笔者曾随同朋友到她住过的贞字监第五号牢房探视。牢房门朝北开，金生前床上有丹凤朝阳锦被和红毛毯各一床，床头墙上挂有金狱中自题条幅。其中一条称："时势造英雄，英雄造时势。"另一条称："生者尧舜，死则腐骨，生者桀纣，死则腐骨，腐骨一也，又谁知其异。"一派混淆忠奸、颠倒是非的唯心论、宿命论观点。据其他监犯称，金尸由日僧谷川大行领殓。金死前有简短遗嘱致其父，内称："请告诉青年们永远地不止息地为国的未来祈祷吧！”人之将死其言也善，这可能是金几年反省，临终前悟出的真理吧！

社会杂闻

SheHuiZaWen

菜市口刑场耸人闻

过去，北京宣武门外有个明清两朝的刑场——菜市口刑场。据《京师坊巷志稿》记载："宣武门街，有市曰菜市口，刑人之所。"九十六岁高龄的北京老住户关玉福曾讲："菜市口刑场杀人的地点，就在现在的南来顺小吃店的西墙外。"菜市口刑场，"东自铁门南口外起，西至丞相胡同北口外止。每逢秋后朝审，在京处决犯人众多时，由东向西排列，刽子手亦执刀由东向西顺序斩决"。

在菜市口有一历史悠久的药店，叫西鹤年堂，它与杀人的刑场有密切关系。北京人有句骂人的俗话："西鹤年堂去讨刀伤药。"这个西鹤年堂创立于明嘉靖年间，距今已有四百多年的历史。当年菜市口刑场杀人时，药店就得暂时关张。因为监斩官就在西鹤年堂休息。

在清代，刑场监斩官的高台座位常设于西鹤年堂店门口。搭一席篷，下放一长方桌子，上摆朱墨、锡砚和锡制笔架，笔架上搁放几枝新笔。监斩官照例先在西鹤年堂坐一坐，稍事休息，再升座行刑。公案上的笔，是有几个犯人便要预备几枝。这是何故呢？因为凡杀一个人，刽子手提头上来，监斩官就要用朱笔在犯人头上点一点。那枝笔就会有人出大价钱买去，据说这种笔可以压邪驱魔。从另一角度讲，一个犯人用一枝笔，亦为刽子手和差役们的生财之道。

民国以后，废斩刑，改枪决，刑场移到桥南面路西，先农坛二道门外。周作人在《补树书屋旧事》中提过："宣武门外南半截胡同北头，这地段不算很好，因为接近菜市口。幸而民国以后不在那里杀人了，所以出入总还是自由清静的。"说明在民国之后，菜市口作为刑场的历史才结束。

封建统治者草菅人命，杀人如麻。明清两代，究竟在菜市口刑场杀了多少人，是难以统计的。据载，被杀的人当中，有敢于反抗封建统治的革命志士，如"戊戌六君子"谭嗣同、康广仁（康有为之弟）、刘光第、林旭、杨锐、杨深秀。此六人，在狱中时均意志坚定，写下了不朽的诗篇。谭嗣同在狱中题诗，留下"我自横刀向天笑，去留肝胆两昆仑"的警句；杨深秀在狱中作诗数章，"忠气之诚，溢于言表"，诗云："久拼生死一毛轻……缧绁到头真不怨，未知谁复请长缨。"也有触犯慈禧威严的大臣。庚子年间（1900），义和团运动掀起高潮，清廷"剿抚两难"，慈禧太后决定避开义和团的锋芒，先利用义和团抗击一下列强，等时机成熟之后再镇压义和团。当时吏部左侍郎许景澄、太常寺卿袁昶在御前反对慈禧太后贸然对外宣战，后又联名上三疏，请严惩主战大臣和镇压义和团，结果触怒了慈禧。于是七月初三日，朝廷以“每遇召见时，任意妄奏，莠言乱政，且语多离间”的罪名，将他们“即行正法”。许景澄不服，说：“我于朝廷可谓尽忠矣！”也有的是在统治集团内部争权夺利斗争中的失败者。如咸丰十一年（1861），肃顺监斩了因家奴受贿而遭杀身之祸的一品大员柏葰。三年后，身为顾命大臣的肃顺又被慈禧命人押赴菜市口刑场斩首示众。但被杀的更多的是无辜的平民百姓。据载，从光绪二十六年（1900）六月十九日至七月六日短短半个月间，就毫无根据地以所谓白莲教谋反的“罪名”，接二连三地在菜市口刑场残杀无辜百姓一百多人。

清代有个叫许承尧的人写过一首诗《过菜市口》，把菜市口刑场的景象描绘得颇具声色，特录于此，以飨读者。诗曰：

薄暮过西市，踽踽涕泪归。
市人竞言笑，谁知我心悲？
此地复何地？头颅古累累。
碧血沁入土，腥气生伊威。
愁云泣不散，六月闻霜飞。
疑有万怨魂，逐影急啸啼。

左侧横短垣，茅茨复离离。
此为陈尸所，剥落墙无皮。
右侧竖长竿，其下红淋漓。
微闻决囚日，两役舁囚驰。
高台夹衢道，刑官坐巍巍。
囚至匍匐伏，瞑目左右攲。
不能辨颜辅，乱发参霉泥。
欧刀厚以寸，锋钝断腕迟。
一役指囚颈，一役持刀锋。
中肩或中颅，刃下难遂知。
当囚受刃时，痛极无声噫。
其旁有亲属，或是父母妻。
泣血不能代，大踊摧心脾。

“大水怪”震惊朝野

北京的陶然亭公园，风景优美，平日游人络绎不绝。然而在旧时，这里却称南大洼，偏僻荒凉，坟茔累累，芦苇丛生，人迹罕至。尤其夜半时分，鬼火明灭，风吹树动，鸟枭啼叫，令人毛骨悚然。光绪二十年（1894），这里曾发生过“大水怪事件”。

当时每至深夜，湖中芦苇深处总发出阵阵瘆人的叫声，音量极大，环湖振响，整个水面亦随之颤抖。于是有关大水怪的传言四起，说“南大洼连着海，是渤海的海眼”，“大水怪复出若是震塌了海眼，北京城也就完了，这是气数，在劫难逃啊”。还有“大清进关二百多年，大水怪不出来闹事，眼下恐怕是……”

“妖言”传入宫中，慈禧老佛爷闻之震惊，御前的王公大臣们连忙献计。先是请和尚、喇嘛、老道来湖畔筑坛念经，大办法会，超度“大水怪”。再就是调八旗禁军到湖畔布阵压邪，并摆出皇上出巡的銮驾和仪仗昭示天威。

于是南大洼沿岸佛幡招展，钟鼓齐鸣，声动十里，禁军布下“混元乾坤八卦阵”，皇上的宝座驻跸阵中，大有六军出行、天子莅临之势。说来也奇，几天之后，不知是大水怪被“超度”了还是被“镇服”了，南大洼水面恢复了平静。京城上下于是又流言四起：“大清气数还长着呢”，“一正压百邪”，“北京城是块福地，大家都沾太后、皇上的洪福”……

谁知到民国五年（1916）夏，南大洼“大水怪”又出现，叫声之大，震动全湖，波及沿岸。京城传言又起：“皇上退位，没有真龙天子镇着，大水怪要翻翻身……”其时袁世凯正欲登极当洪宪皇帝，岂容“妖言四溢，惑众骇俗”。无奈京师警察局对谣言“禁而无效”，且越禁越传，越传越邪，于是警察总监吴炳湘不得不采用“治本”措施。

吴氏率幕僚赴南大洼视察后得出结论：大水怪既然会叫，当然是血肉之躯。南大洼芦苇丛生，湖水当然不深，“水怪”也就不会太大。北京距渤海三百余里，南大洼是一坑死水，绝无“震塌海眼之理”。“治本”方案当为武力弹压。

吴氏随即调来精锐的警察部队，十辆装甲车架着马克沁式重机枪，环湖列阵，进入战斗状态。沿湖的制高点则部署各种火器的射击阵地。

夜深，面临大敌的“大水怪”却置若罔闻，照例鸣叫。吴氏下令：“按兵不动，就此监视。查实声源，避免夜战，以防混乱误伤。”直至破晓，旭日初升，沿湖警察部队才得到射击命令。于是各种火器一齐开火。“大水怪”果然腾水而出，被当场击毙两只。

原来两度扰乱京城的“大水怪”，只是一种不知其名的水鸟，大者近三尺，小者二尺余，嘴又大又长。它鸣叫时将嘴插入水中，引起共振，使湖水震荡，堤岸也好像在发颤。

后来，两只“大水怪”的遗体被制成标本，送至中央公园（今中山公园）展出。至此，这桩震惊朝野的“大水怪事件”告一段落。

“活神仙”张铁嘴命丧“天子”手

旧时京城盛行看相算命，清末民初有一个名叫张振龙的人，因其看相准，又直言不讳，被称为“活神仙张铁嘴”。

张铁嘴最早只是在天桥摆个相摊，挣钱糊口。有一天，一个穿着很破的人前来看相。张铁嘴见他虽身穿破衣，但面皮白嫩，脸上油光，双目有神，头骨丰满，断定其绝非等闲之辈。他拱手说道：客官之头，圆、健、正、丰，乃大福大贵之相。别看你身着破衣，实乃荣华富贵之人，您脱去破衣，必是紫袍加身。如说的不对，我愿金盆洗手，永不再吃这碗饭。那人听罢，二话不说，从怀里拿出一个金元宝，往摊上一丢，扬长而去。后来得知，此人乃是一位王爷，闲得无聊，来此解闷。此事情一传开，张铁嘴便被说成活神仙了。

溥仪退位后，袁世凯投机当了大总统，但他仍不满足，又得寸进尺地做起皇帝梦来。然而他又怕真的当了皇帝，会遭到天下人的唾弃，因此左右为难。侍卫长张洪镖看出他的心思，为了讨好，借机说，有一个看相的张铁嘴，他只要看你一眼，即可断出吉凶祸福。袁世凯说：有这等事，你把他找来，我看看他有多大本事。

张铁嘴这天正在家中眯着眼抽大烟，忽进来一人，说请张先生到袁大总统府去一趟。张铁嘴大吃一惊，抽大烟的舒服劲儿立即变成一股冷汗，顺着脖子往下流。凡看相的人有三怕，其中之一是怕给凶残之人看相，看准了则必遭其害，袁世凯即属此类。于是他推辞说：总统爷高看我，是我三生有幸，但看相人有戒律，其中第五条是酒后不能看，醉人之眼吉凶难辨。我今天喝了酒，恕难从命。那人说：既如此，明天切勿再饮，我再来接你。

来人走后，张铁嘴心想：听说袁世凯是癞蛤蟆转世，不知面相究竟如何？他想当皇帝，又怕世人反对，我是顺竿爬还是反着说呢？最后下定决心：顺竿爬。他对家人说：这次进宫，是福不要乐，是祸躲不过。

第二天张铁嘴壮着胆子进了总统府。只见在一片森严气氛中，袁世凯坐在紫檀木椅上，墩粗肥胖，两腿垂直，一副骑马蹲裆之势。他微笑着冲张铁嘴说：听说你有些本领，你照直说吧，不必拐弯抹角。张铁嘴朝袁世凯脸上一扫，见是一脸奸相，说：相分五色，青主忧、黄主喜、白主泣、黑主病、赤主惊，总统气色是黄中显青，乃喜中见忧也。又印堂发亮，乃主大贵，但两条疑纹，必有疑而不决之事。他故意停一下，又说：总统天授，事无不成，求则得之，舍则失之，当断不断，反受其乱。袁世凯一听正中下怀，但仍二目微闭，令其说下去。张铁嘴这时忽然跪倒在地，口称：万岁爷，赦民斗胆进言，您再不登九五之尊，必有负上苍了。袁世凯把脸一沉说道：不可胡言，我乃民国总统，岂能复行帝制？说罢即拂袖而去。

未几天，张铁嘴被害而死。原来袁世凯一听自己是真龙天子相后，怕传扬出去泄露天机，于是就派人把张铁嘴除掉了。

警察总监住凶宅

过去，传说北京凶宅甚多，尤其是那些深宅大院。由于有某种背景，长期无人居住，再加人们有意无意地渲染，便越传越凶。民国年间，人称京城有四大凶宅，即二龙坑的郑王府、汪家胡同军警缉察处、小石桥警察教练所和兵马司的警察总监公馆。

这里说的警察总监公馆是指袁世凯当政期间警察总监吴炳湘在北京城的住所。他从山东巡警道调任警察总监后，就住进了这座空置了十几年的大院。此院原为清朝一个皇戚官邸，“庚子之变”八国联军攻进北京时，主人合家遇难。官邸后由官方接管，便一直闲置起来。在老百姓的意识里，杀过人的房子都是凶宅。加之里面杂草丛生，“四大仙”狐（狸）、黄（鼠狼）、蛇、柳（刺猬）繁殖甚多，又都在夜间出没，更增加了宅院的神秘感和恐怖感。吴炳湘乔迁不久，夫人滕氏忽患白喉之症，不治身亡。这使凶宅之名更甚。

新主人住进凶宅之后，原宅的一些仆从和看管人员还继续留用。这些人对老主人总是念念不忘，对他们惨死的情景印象极深。新主人住进来之后，他们经常有意无意地渲染一些凶相，警示新主人不可过分造次，尤其那些更夫们晚上打更时，嘴里总是不断地呼喊。有一天，吴炳湘毕业于日本警士学校的侄子问道："你们在瞎叫唤什么？"更夫说："我们巡更时，总觉得有东西在腿前挡路，不喊叫就迈不开腿。"这位侄少爷是个洋派人物，又任京师警务稽察，哪会信这个邪。就说："有什么东西，你们指给我看！"更夫说："你一出来，那东西就向花园跑了。"侄少爷大怒："带我到后花园去，找不着就拿你们是问。"他们来到花园，果然发现草丛里有个一尺多高的影子在晃动，侄少爷立即拔枪射击。大家听到枪声都点灯前来，发现被击毙的原来是个大刺猬。人们议论说："这么大的刺猬，肯定是有灵性的。"

还有一个女仆，自从总监夫人病故后，大白天经常闹"太太附体"，拉着小姐们又哭又闹。但当姑老爷闻讯赶来时，女仆则立即恢复正常。原来这位姑老爷是个骑兵上校，年轻气盛，再加上那身笔挺的军服，手握勃朗宁手枪，身后还有两个马弁亮着盒子炮。女仆本来是装神弄鬼，一见这阵势，早吓出一身冷汗，哪里还敢闹下去。别人却认为这是姑老爷那军人的阳刚之气把邪气镇住了。

由于接连不断地出现怪现象，为保证警察总监的安全，警方决定加派一些警士在夜间和更夫们一起巡逻。谁知那些警士进入内宅后，也说这院子里不干净，到处是鬼鬼怪怪的。那位侄少爷追问警士到底看到了什么，警士说："每天晚上都见到些黑影子跑到后院去，等走到那口水井处就不见了。"于是，侄少爷下令全体出动把井水淘干，最后在井底发现了几具白骨。面对此情此景，这位受过现代教育的警官也有些发毛了。他命令警士把白骨打捞出来，运到城外予以安葬。又往井里投了两颗手榴弹，驱鬼镇邪。最后把井填平，才算完事大吉。

杀气腾腾的“大令”

旧京之所谓“大令”，是指军阀时代由“军警宪联合办事处”派出的弹压队伍。为首的官长怀抱一个颇似令箭的油布套子，内藏令旗一面，长二尺半，上宽下窄，其正面绣有舞龙一条，顶端书楷体“令”字，象征至高无上的权力。官长左右跟随侍卫，其后是十余名荷枪挎刀持红黑两色军棍的军人、警察与宪兵，沿街而行，杀气腾腾。望者每每不寒而栗，退避三舍，如见鬼神敬而远之。

当时，为非作歹者如蚁结蜂聚且出没无常，故冯玉祥、张作霖等领兵坐镇北京时，每日必出大令四处巡查。遇鼠窃狗盗及酗酒滋事者，当即饱以老拳或用军棍将其打得皮开肉绽；倘遇土匪、流氓以及散兵游勇行凶抢劫、强奸妇女或殴伤无辜，则往往就地正法。北洋奉系军阀张作霖部将马中元充任大令指挥官时，就曾在城南游艺园将一名醉酒闹事的奉军士兵就地枪决。

执行大令军务的官兵，最感兴趣的地方就是大大小小的戏园子，盖因在这里可以受到最隆重的欢迎和最殷勤的招待。由于大令这支特殊的队伍掌有生杀予夺之权，故所有戏园老板和艺人无不提心吊胆，惟恐因小隙而酿成大祸。鉴于此，各家戏园均在前台系一铜铃，绳端直通大门口，由在外面招揽观众的伙计负责报警，只要发现大令过来，就立即拉动铃绳儿，台上的“鼓师”（相当于西洋乐队的指挥）听见铃响，即使演出正值高潮，也要以鼓声发出信号暂停演出，继而指挥乐队“吹台”（也叫“吹通”，旧时戏曲开演以前吹奏的幕前曲，用以招徕观众。一般吹打三通，前两通用打击乐器，第三通改用唢呐吹奏《将军令》、《哪吒令》、《一枝花》等，以示恭候大驾光临。此时，台上浓施粉黛的男女演员个个垂手肃立；而台下那些叽叽喳喳的观众亦顿时收敛笑容，屏气凝神；至于串座位叫卖香烟、瓜子儿的小贩，更是神色惶遽，纷纷躲到旮旯儿，呆若木鸡。

一阵沉重的马靴声把戏园内所有人的心震得突突地跳。而老于世故、善于看风使舵的前台老板以及“案目”（看座的）、“茶堂”（供应茶水者），个个佯装笑脸，恭恭敬敬地将一行十余人让到特备的雅座上，以高级香烟、茶水、瓜子儿以及“热手巾把儿”（旧时戏院供观众擦脸擦手用的热毛巾，使用者须付小费）款待。官长及随从落座后，只要把那个代表令箭的东西插在木架上，鼓师便立刻继续指挥，霎间锣鼓丝竹齐鸣，演员益发精神抖擞，无论唱、念、做、打，都不敢有丝毫懈怠。

这支令人胆战心惊的大令队伍究竟在戏园逗留多久，没谱儿。剧目新颖、演技高超且又合乎官长的口味，也许会一直呆到散戏。倘若觉得索然无味，稍待片刻转身便走。只要中途一走，艺人就得再次暂停演出，鼓师就得再次指挥奏乐，以示欢送。

旧时盗匪“套白狼”

20世纪30年代初，天津海光寺一带还是一片荒僻之地，一些拦路抢劫的盗匪经常在这里出没。

笔者尝闻，一日黄昏，某骑自行车者，偶见前面有一老者模样的人，身着长衫，手提蒙着布罩的鸟笼子，悠悠漫步。骑车者认为这种养鸟之人多是阔绰的闲人，年纪一般较大，不会出什么事的。于是，便放松了警惕，毫不犹豫地骑车从提鸟笼人身边走过。

就在他走近提鸟笼人身边时，顿觉有一件东西落在头上。刹那间眼前一片漆黑，一个跟斗栽了下来，不知发生了什么事情。

当他清醒过来的时候，感到一个圆圆的东西扣在自己的头上，还有一些杈杈巴巴的东西把自己的脖子卡得紧紧的。他忍受着痛苦把那东西慢慢摘下，取下一看，原来就是前边那人提的鸟笼子。再仔细一看，这鸟笼子好特别，无底不说，而且勒着一圈密密倾斜的竹签，上口小，下口大，活像一只捉螃蟹的篓子。这种东西扣在头上，怎么受得了呢？

当回过头来再找老者的时候，早已无踪无影，自行车也被劫掠而走。

这种伎俩，就是旧时人们常说的“套白狼”。“套白狼”是旧时匪徒拦路抢劫的一种行为。这种劫匪的活动多是在路静人稀的地方，乘人不备，用系有活扣的绳索套住行人的脖颈，将其勒昏或勒死，然后抢走财物。

清代出版的《点石斋画报》上登载了一篇新闻，对此有形象的描绘。文章写道：“本埠（上海）西门外四明公所一带，地僻人稀，黑夜时常有匪徒出没，行人咸惴惴焉。前夜，漏敲三鼓，有某洋行人某甲行经其地，突有匪徒三人，短衣窄袖，蓦从榛莽中腾跃而出。一人手持竹竿，竿梢系麻绳圈；一人从后，上前将某甲之头颈套住，一若近今西人于街市上遗恶少捉狗者然。某甲见力不能敌，噤不敢出声，任其劫掠一空而去。”这段记载，活灵活现地把“套白狼”匪徒的行凶情况描绘出来，读之令人不寒而栗。“套白狼”匪徒作案有种种方式。有的乔装打扮成脚夫模样，活动在车站、码头，帮旅客搬运行李、财物。一旦走到僻静之处，即露出本来面目，进行“套脖”抢劫。也有的匪徒暗地跟踪旅客，伺机用棍棒将旅客打昏，抢走财物。

虽然“套白狼”在旧时属小股匪徒，但其同伙也很多。

为此，他们在联络时暗定了一些黑话。如：同伙称“线上的”，走路称“踏线”，石头称“老大”，郊外无人处称“漫荒”，寺庙称“古子”，树林称“影子”，行劫不成称“风不正”，贼的住处称“榻窑子”，有银子称“露白”，有钱称“有水”，无钱称“无鱼”，钞票称“花叶子”，衣服称“臭叶子”，口袋称“桶子”，锁称“葛子”，钥匙称“把子”，分赃后逃走称“蒯蒯”等等。这些黑话同伙明白，外人不晓。

话说古今“四公子”

中国历史上屡有“四公子”之称。早在战国时期，齐之孟尝君、赵之平原君、楚之春申君、魏之信陵君便被呼为“四公子”。汉朝的贾谊在《过秦论》中称“四公子”“皆明智而忠信，宽厚而爱人，尊贤而重士”之俊杰。可见“四公子”是一时俊彦的美称。

明末也有“四公子”，即冒襄（辟疆）、陈贞慧（定生）、侯方域（朝宗）、方以智（密之），皆为复社中人，以诗文飘逸、风流倜傥而名冠天下。孔尚任在《桃花扇》中对这“四公子”皆有生动的描写。

清末和民初也有“四公子”，其声名亦曾显赫一时。清末四公子一般指谭嗣同、陈三立、徐仁铸和陶菊存。谭、陈、徐、陶四人在当时都是钟鸣鼎食、肥马轻裘的官宦子弟。如谭嗣同之父谭继洵为湖北巡抚，陈三立之父陈宝箴是湖南巡抚，徐仁铸之父徐致靖为户部侍郎，陶菊存为世家子弟。而这“四公子”也几乎都是大清朝的“臣子”，如谭嗣同是江苏候补知府、四品衔军机章京，陈三立是吏部主事，徐仁铸是湖南学政使。但他们都无意于功名利禄，而醉心于维新变法。这“四公子”当时与康有为、梁启超相呼应，锐意变法图强，很为时人瞩目。“戊戌变法”失败后，谭嗣同决心以血激励后人，在北京菜市口刑场大呼“有心杀贼，无力回天”，慷慨赴死。陈三立、徐仁铸皆以“招引奸邪”之罪被褫夺官职。

“四公子”中以诗文称誉者为陈三立，他是清末“同光体”诗派的代表人物，是当时有名的“海内三陈”之一。后来朝廷恢复他的官职，他却拒辞不受。晚年在北京时，他拒绝伪满洲国和北平日伪统治者的拉拢，以八十五岁高龄绝食而死，其爱国气节极为时人所钦佩。他的两个儿子陈师曾、陈寅恪，一为大画家，一为国学大师。《辞海》中陈宝箴、陈三立、陈师曾、陈寅恪一家三代同入传，足见陈家在中国历史和文化史上的地位。

民初以后，也有“四公子”出现。在20年代的报章上，“四公子”之名屡屡被提及。这四公子是孙中山之子孙科、张作霖之子张学良、段祺瑞之子段宏业和当时浙江督军卢永祥之子卢筱嘉。“四公子”当时都是二十岁上下，子因父显，风云一时。1922年直奉第一次大战之后，孙中山先生曾举奉系、皖系订立策略性的反吴佩孚的三角联盟，这四公子便互相酬酢，为联盟穿针引线。除孙、张二公子，卢、段二人不太为世人所知。其实这两人都是典型的公子哥。卢筱嘉一生最“烜赫”的举动当为大闹上海共舞台，痛打黄金荣一事。这是当时报纸的头号“要闻”，其实起因只不过是为了看戏捧坤角儿。段宏业在四公子之序中最为默默无闻。他不像袁世凯的“储君”袁克定那般醉心于“接班”而出入政坛，据说他的擅长是下围棋。

民初“四公子”说法还有其他版本。

有一种说法是“四公子”指蒋介石的两个儿子蒋经国、蒋纬国（蒋纬国实际是戴季陶在日本时的私生子，后交蒋介石抚养）、戴季陶的儿子戴安国、孙中山秘书金某的儿子金定国。四人的名字均为孙中山所起，寓“经纬安定”之意，且互结金兰。但四人在当时并非活跃人物，也无名气，尤其金氏之排列颇为勉强。

已故的南社老人郑逸梅先生说“四公子”是指张学良、卢筱嘉、袁世凯之子袁克文（寒云）、张季直（张謇）之子张孝若。民国年间名负一时的大诗人林庚白则认为“四公子”并无袁克文的份儿而是孙科，他的理由是，民国五年以后，袁世凯已非风云人物了。笔者曾请教过全国政协文史专员沈醉，他认为是孙科、张学良、段宏业、袁克文。

还有一种较为广泛的说法是“四公子”指张学良、袁克文、溥侗、张伯驹。此见于张伯驹著《洪宪诗补注》。但笔者以为，袁、张、溥、张（伯驹）四公子说法之形成，主要源于北方的北京。张伯驹只是袁克文的表弟，溥侗也不再是王侯而是沦为票友，张伯驹、溥侗加上张学良、袁克文都是以玩乐、风流闻名，故称之“京华四公子”也不无道理。

溥侗号红豆馆主，是清恭亲王奕䜣的孙子。辛亥革命后，溥失去了“铁帽子王”的衣食饭碗，只得以诗词歌赋、琴棋书画加上变卖祖产为生。他尤擅昆曲，是京津名票，还在燕京大学开过戏曲课。可惜晚节不保，汪伪时下水当了汉奸，任职于“考试院”。抗战后潦倒而终。

张伯驹，其父张镇芳替袁世凯管钱。张伯驹是极有名气的收藏家、鉴赏家、书画家和诗人，多次花重金收购流失的国宝，后捐献国家。50年代成为“右派”。他的文采曾受到毛泽东的称赞，周恩来还关心、安排他工作。80年代故去。

袁克文是袁世凯的次子，天生风流，极具才华，自比曹植。他是诗人、书法家、鉴赏家、名票友，因反对其父称帝而博得人们的称赞和同情。后被袁世凯软禁，从此穷困而死。袁克文的儿子袁家骝和儿媳吴健雄都是世界著名的物理学家。

有趣的是，20世纪30年代还出现了女“四公子”，她们是当时著名的女作家。她们是庐隐、王世英、陈定秀、陈俊英，因为名噪京华，遂被时人呼为“四公子”。到了20世纪90年代，北京亦流行“四公子”之说法。记得1994年吴祖光之子吴欢写了一篇文章介绍“四公子”，发表在《北京晚报》上。我只记得有他自己和万伯翱，别的两位记不清了。万、吴两位都是我的朋友，都是影剧作家，出过书，有名气。吴欢只不过借“四公子”写了四个人，很别致，所以这篇文章颇有影响。但据说招致了他们长辈的不满，这是后话了。

名妓暗救杨月楼

著名京剧大师杨小楼的父亲杨月楼，是“同光十三绝”之一，曾几度到上海演出。有一位闲居上海的广东徐姓妇女，见他人品出众，技艺非凡，便有心将女儿许配与他，因而与之多有交往。这位妇女本是官眷，人虽半老，风韵犹存，丈夫死后拥有一大笔遗产。住沪的广东人见她与杨月楼过从甚密，便疑心两人有私情，觉得丢了广东人的面子。现又听说杨月楼要娶她的女儿，便断定杨企图吞占徐姓家财、霸占母女，出于同乡人的义愤，他们联名讼之于官。

当时的上海县令也是广东人，见了诉状便怒火中烧，即刻出签将杨月楼拘捕入狱。审讯时，杨拒不开口，县令命衙役用铁锤打他一千下。谁知铁锤落下，质软而轻，毫无痛苦。这是怎么一回事？几天以后，一名妓女到监狱探望杨月楼，才解开了这个谜。

此探监者名叫沈月春，是上海名妓，因厌恶卖笑生涯，早已有心从良。杨月楼每次到上海演出，她都要去看他的戏，并深深爱上了他。奈因自己身份卑贱，只好把爱慕之情藏于心底。此次得知杨因事系狱后，她慌忙跑到县衙疏通关系。衙役告诉她，此事实在爱莫能助。衙役还说，县太爷已命我们准备铁锤，打算在堂审时找个岔子活活将杨打死。沈月春一听泪如泉涌，跪下苦苦哀求衙役救她的“心上人”一命。她花了一千两银子，终于买通了衙役。衙役在行刑时，用的“铁锤”是软木做的。

沈月春到监牢探望杨月楼的时候，因为杨并不认识她，她只好自报家门，并详细叙述了自己暗地救他的经过。言谈之中，她微露爱慕之情，最后竟哭着对杨说：“自君入狱，妾不敢自安，每日吃素念佛为君消灾，诚望君早早出狱。”

杨月楼听了她的哭诉，感动不已。他真想一把拉住她的手，说上几句感恩的话。但是他深知，此举非但剪不断沈月春的相思情，反而会使她陷入更深的爱恋之中。再说自己早已与徐姓妇女的女儿有过海誓山盟——一个非她不娶，一个非他不嫁。他是不可能娶眼前这位多情妓女的，又何必误了人家从良的大事呢？想到这里，杨月楼竟板起面孔，双目怒视，高声责问她：“谁叫你救我的？谁叫你吃素的？我坐班房与你何干？”

可怜沈月春哪知杨月楼的用意，面对如此“忘恩薄义”之人，她顿时心灰意冷，痛哭而返。从此厌绝尘事，自削其发，跑到杭州建了一座尼姑庵，当了尼姑。

张老道买前门楼子

张老道买前门楼子的新闻当年曾轰动过北京城，屈指已近一个世纪。

老北京人闲聊时，谈北京，必引出“九门八点一口钟”；谈九门，必引出前门楼子；谈前门楼子，必引出张老道；谈张老道，必引出孙老道研制“避瘟散”和创立长春堂的一系列故事。只要听者肯于洗耳，则尽可混迹于京腔京韵的老者中，定能大饱耳福、大长见识。

孙老道名振兰，祖籍山东招远县，本是乾隆末年草泽医生，辗转京城，于前门外长巷头条以制售“闻药”（粉状清凉小成药）为生。光绪初年（1877），其孙三明继承祖业。孙三明因受戒于京郊房山娘娘庙做火居道士（不住道观，可以娶妻生子的道士），便出资修长春观。孙三明由常闻香火味道而受启发，遂在先祖闻药基础上，聘药师察希良屡次试验，于香面儿中加冰片、麝香、朱砂、薄荷冰以及甘油等十余味药料，终于试制成功清香爽神的“避瘟散”。“避瘟散”装以锡制八角形小扁盒，其上所铸商标即孙三明道装头像，胸前抱八卦图，望之有仙风道骨之感，下刻“避瘟散”三字。孙三明并更店名为长春堂。

1926年孙三明病故，长春堂遂由其内侄张子余接管。因张子余受戒于白云观的火居道士，故称张老道。此人精明强干，且极善钻营，颇好交游。张老道效法其姑父遗风，常年道装打扮并别出心裁，经常坐着八抬大轿，管笛高奏，锣鼓齐鸣，招摇于四方辐辏的前门大街，路人蚁结尾随，而张老道遂乘机散发避瘟散以扩大影响。老北京人对此种宣传形式曾以歇后语戏谑：“张老道坐花轿——活广告。”有个别嘴损的无赖骂人不带脏字：“比瞧耍猴儿强，一文不花，还白闻一盒避瘟散。”

深谙经营之道的张子余靠小小的避瘟散每年赢利万余块银圆，几年之内便在京城内外开设了亿兆百货商店等八个企业，一跃成为北京商界四大巨子之一。然而灾祸亦随之接踵而来，张老道的百万家财转眼间付诸东流。

“七七”事变不久，日本宪兵队即将张老道绑架，强迫长春堂以二百两黄金赎身，超过一旬即处死。家属不敢违抗，按期如数筹款，方救出张老道。此事曾作为头条新闻，刊登于旧报。

事隔未半年，长春堂失火，各种芳香药材与什物皆毁之一炬，薄荷、冰片等药材燃烧后香传十里，数日渐消。火灾殃及近邻华乐戏院，富连成科班的衣箱、盔头箱、旗包箱、把子箱一并化为灰烬。凡受此场火灾牵连者，无不向张老道兴师问罪、借机勒索。长春堂仅赔偿华乐戏院和富连成科班款就二十二万银圆。

日本投降后，国民党军统特务马汉三要以三百两黄金的价格将前门楼子卖给张老道。张因不钻圈套而被关押九个月，家属迫不得已，只得忍气吞声凑齐三百两黄金，再一次将张老道赎出。

几经劫难，张老道苦心经营的万贯家财损失贻尽，只留下一段老北京人茶余饭后闲聊的话柄。

皇室宗亲办报风波

北京学院胡同三号宅第系逊清皇室宗亲德公府邸，主人德仲华公爵行二，人称德公爷或德二爷。

20世纪30年代初，德二爷有良田十余顷，煤窑四五处，并在城内开设德华园浴池。虽养尊处优，但因无社会地位而苦恼，于是萌生办报之念，借以提高社会地位，维护财势。

一向说干就干的德二爷腾出府邸房屋十余间，作为编辑室、营业部、广告部及招待宿舍，取名实权报社，自任社长，聘请洪为荃、陈蝶生、成扶平、陈逸飞等办报能手任总编、编辑。报纸辟有《见景生情》、《采风录》、《社会调查》等栏目，因内容丰富多彩，文笔生动幽默而销行甚好。

担任该报发行工作的常振春早有自办报纸之欲望，只是苦无登记证，遂勾结编辑佟泠仙（八旗子弟），将《实权报》改头换面为《实权日报》发行，导致《实权报》处境窘迫，濒于停刊。德二爷怒不可遏，以盗版罪控告常振春。常情知不妙，遂请风云人物——实报社长管翼贤与新北京报社长凌抚元从中斡旋，于什刹海会贤堂饭庄设宴，当面向德二爷赔罪。性情豪爽而又为人厚道的德二爷，架不住几句服软的好话，遂撤销诉讼，化干戈为玉帛。

1934年，《实权报》正处于鼎盛时期，社会威望颇高。不料是年夏季，报社内却发生了一起轰动京城的桃色事件。

彼时为《实权报》撰文艺稿者颇多，其中有一位刘小霞女士，系某女中学生，颇有文采，所办“小霞社”副刊极受读者欢迎。刘小霞秀外慧中，副刊编辑陈蝶生不禁为之倾倒，常邀其来报社协助编稿。一日黄昏，大雨滂沱，夜阑而未霁，刘小霞遂寄宿于报社女宿舍。欲火中烧的陈蝶生以为天赐良机，竟然潜入女宿舍与朝思暮想的刘小霞发生性关系。

天下事皆无巧不成书。翌年仲春，新闻记者阎士燮采访某妓院时无意中发现刘小霞已沦为妓女。为伸张正义，阎士燮连续撰稿披露内情，并呼吁社会对刘给予救济，从而轰动了京城新闻界。各报对陈蝶生衣冠禽兽之劣迹无不口诛笔伐。小说家李熏风赶写小说《雨下残荷》，连载于彼时之《北京晚报》。

此起桃色新闻将实权报社长德二爷气得暴跳如雷，逢人便说：“肘腋之害，报社不幸！”实权报编辑成扶平（八旗子弟）则对德二爷打哈哈说：“蝶生蝶生，蝴蝶所化蝴蝶所生，采花撷蕊，其性天成。天公作美，情欲前定。巧自宽解，勿发雷霆。”

实权报社曾是青红帮的俱乐部。德二爷是通字辈信徒，拜大字班王约瑟为师，总编洪为荃拜通字班刘振清为师。刘在报社曾收名伶高庆奎之子高盛麟为徒，荀慧生、杨盛春等梨园名家皆来祝贺。“七七”事变后，该报被迫停刊。

朱葆山奇招制洋人

复兴公园是上海建立较早的公园之一。该园乃法人投资，地处当时法租界之辣菲德路，起名叫“辣菲德公园”。那时，上海人叫它“法国公园”。

法国公园建园之初，中外公民凡是买了门票，皆可入内游览。但是时间一长，便生出两个问题，一是妓女混迹其中拉客，二是有的华人缺乏保持公共卫生的观念，瓜皮果屑随地乱扔。法租界借此理由拒华人于门外，并挂出侮辱性牌子“华人与狗不准入内”，还扬言，什么时候中国人学得与法国人一样“文明”，才能摘去此牌。

牌子一挂，引起华人的极大愤慨，但公园在法租界，国人无法干涉。一些头面人物商议对策，有人埋怨国人不争气，有人想卑躬屈膝疏通法人，也有人想花钱解决此事，著名爱国人士朱葆山却另有主意。

朱葆山因买卖地皮发财，在上海滩颇有点名气。他说：“一个国家，一个民族，难免有愚昧落后的一面，法国巴黎的妓女也不比上海少。如果秉公执法，对卖淫嫖娼及破坏公共卫生现象加以制止，甚至处分，我们不应有异议。倘若借此大做文章，污辱华人，这是明目张胆的挑衅，不该表示软弱，当以牙还牙，也让他们大出洋相，叫他们知道，中国人也不是好惹的。”大家问他有何良策，他只微笑不答。

朱葆山叫人买了一匹十丈长的“阴丹士林”蓝布，请著名的奉化裁缝红宝师傅裁制了一件特大长衫。十丈布，用二十五尺做袖，用二十五尺做摆，朱葆山看了十分满意。他当即叫人从法租界雇来八名无所事事的法国下人，上海人称作“瘪三”的那种，当面讲清条件：八人抬着长衫的左右袖与前后摆，从静安寺出发，到南京路外滩止，每走若干步，就跪下来拜一拜，每拜一次，给一洋元。八个人听说待遇优厚，满口答应。

朱葆山让他的大儿子穿上这件特大长衫，洋瘪三两个抬前摆，两个抬后摆，左右袖各两人。他们尚未出发，静安寺门口已观者如潮，加上洋号洋鼓吹吹打打，好不热闹。一队人开始向南京路走去，朱葆山指挥大队人马，八个洋瘪三走几步就停下来下跪一拜，拜罢，起来再走。行人驻足观看，真是人山人海、水泄不通。特别是有外国人经过时，中国人就击鼓呐喊，羞得碧眼金发的洋人低头掩面，仓皇而去。

事后，朱葆山遵约，按照八个法国人的跪拜次数，给足了赏钱。同时放出风来，如果法国公园门口牌子不摘，他还将有新的节目演出——雇若干法国妓女，当街表演脱衣舞。消息不胫而走，法租界一看众怒难犯，只好悄悄地将侮辱中国人的牌子摘掉。

首制“中山装”的王才运

中山装在很长一段时间内被视为中国人之国服。尤其是政府官员，在出席重要会议和在一些正式场合均着中山装，以示庄重。之所以被叫做“中山装”，是因为这个样式的服装是由孙中山首穿并认可的。而第一个为孙中山制作“中山装”的人是王才运。

王才运是浙江奉化江口镇人，其父原在日本学习西服剪裁，技术很高。王才运十三岁时到上海当学徒，继承父业，学习服装制作。他热爱这项事业，对业务刻苦钻研，进步很快。在稍有积蓄时，他便开了一间店铺，取名“荣泰”西服店。后来，经人资助，王才运于1910年又创建了“荣昌祥”呢绒西服号。这是南京路上的第一家男式西服店，其地址即如今上海市第一百货商场所在地。前店后厂，工贸合一，十开间的门面，主要经营呢绒料的批发、剪裁和制作。由于选料优良、做工精细，“荣昌祥”开业后生意很兴隆，一些要人加工服装多半到此处定制。

辛亥革命后，国民政府总理孙中山到“荣昌祥”定做服装，穿着甚觉满意。有一天，孙中山先生又来到此店，送上一套日本式陆军士官服，要王才运将其改成一种直翻领、有袋盖的四贴袋制服。孙中山先生要求袋盖做成倒山形笔架式，可插放钢笔等物，以表示革命事业离不开带笔杆子的知识分子；门襟上原有七颗纽扣，孙中山先生要求改为五颗，象征“五权宪法”。王才运按要求亲自动手，很快制作完毕。孙中山先生试穿后，认为这套服装简朴、庄重，对王才运大加赞赏。于是，经定型后，这种样式的服装很快便流行开来。后人统称之为“中山装”。

“荣昌祥”常以制作了第一套“中山装”而深感自豪，并于1927年3月26日在《民国日报》上刊登了一则启事。正标题是：“民众必备——中山装衣服。”副标题是：“式样准确，取价低廉。”正文写道：“中山先生在小号定制服装，颇蒙赞许。敝号即以此式样为标准。敝号为提倡服装起见，定价特别低廉。如荷惠定，谨当竭诚欢迎。”落款是：“上海南京新世界对面荣昌祥号启。”

此后，穿“中山装”者与日俱增，而凡制作此装者均以“荣昌祥”所做之样式为标准。从此，“荣昌祥”的生意也更加红火起来。王才运为保持良好的声誉，对职工及学徒要求格外严格，对业务技术要求更是精益求精。后来上海南京路陆续开业的“王兴昌”、“王荣唐”、“裕昌祥”等十多家服装店，无一不是“荣昌祥”培养出来的学徒开设的。王才运桃李满天下，无愧为上海服装业之鼻祖。

不仅如此，王才运的老家奉化县也在王才运的影响和带动下，服装业广泛发展，成为服装制作的重要基地。时至今日，服装业在那里依然繁荣昌盛。在王才运老家江口镇，每三四户中即有一家从事服装生产。全县共有服装厂四百多家，产品畅销国内外，其工艺水平“誉满全球”。

电话号码“40000”

早年旧上海的十里洋场出租车虽多，实力雄厚的洋商云飞公司却独居沪上出租汽车行业之首。不料短短的几年内，竟败在一个乡下人手中。这个乡下人叫周祥生，他的制胜杀手锏竟是一个普通的电话号码。

周祥生来自浙江省定海乡下。当年他带着一个包袱和一把雨伞到了大上海，前后在一些饭店服务了十余载。由于经常代客雇车，结识了许多车主和司机，熟悉了汽车出租业务。而后，他靠分期付款的方法买进一辆旧车，开始经营汽车出租。由于经营有方，小小的车行办得很兴旺。几年后，他增购了十多部汽车，成立了“祥生出租汽车有限公司”。就其实力而言，与拥有百余部汽车的云飞公司不可同日而语。

一天，周祥生在电话公司的一个朋友说，电话公司的机器正要改装，所有电话号码要更换。这个消息改变了周祥生的命运。周祥生一直认为，电话号码有无特色与公司在竞争中的地位和业务发展有重大关系。他曾为得到一个不同凡响的号码，不惜重金笼络电话公司的职员。现在更换号码，机不可失。他马上找到电话公司业务部主任索雷，请主任设法给自己一个“40000”号码。索雷答应考虑。周祥生跑到一家印刷厂，赶制出两千块有“40000”电话号码的日历牌，并将样品送给索雷。索雷见木已成舟，也就同意了。

为什么周祥生对“40000”这个号码感兴趣呢？因为，它不仅好记，而且更重要的是恰恰与当时中国人口四万万之数相关联。很快，提倡国货，抵制日货，“四万万同胞请拨四万之数电话”成了爱国口号，风靡上海滩。

周祥生利用这个电话号码大做文章。当时的电话机通常是挂在墙上的，接通后找人时机子无处放，极不方便。为此，周祥生设计制作了一种小巧的金属搁架，每个架子上压着祥生公司的标记和“40000”号码，并派人到千家万户免费安装。后来，全上海几乎每部电话机都配有这样的金属架，周祥生揽来了大批生意。

在电话之外，周祥生还不失时机地大做广告。当年北站路局空地上砌着一个水泥墩，高竖“祥生”两个大字。南来北往的旅客一踏进上海，就能看见“祥生”的大招牌，便将其当作上海第一大汽车行了。祥生公司的汽车一律是墨绿色，车尾部用白漆醒目地喷涂着公司标志和“40000”电话号码，甚至司机的号衣、帽子也不例外。他还买了大批饭碗，做成同样的墨绿色，印上汽车图案和“40000”的号码，分送给大小公司，以扩大影响。

由于周祥生实行全方位广告宣传策略，人们举目便是“40000”，祥生公司也就大名鼎鼎了。这使祥生公司生意日益兴隆，财源滚滚而来。云飞公司电话号码仍是“30189”，谐音“三人一杯酒”，虽小有特色，但与祥生公司相比，小巫见大巫。在后来的竞争中，云飞公司只好退避三舍，最后以失败告终。

“朱神仙”歪打误撞蒙军阀

1927年春，北伐军分三路北上。何应钦率第一路军，由镇江北渡，很快占领了扬州。接着，他率部沿运河向宝应、淮阴进发，直取陇海线，连克涟水、梅州等地，6月下旬便包围了鲁南重镇临沂城。

当时驻临沂的是直鲁联军第四军，军长方永昌，辖两个旅约七千人。北伐军为五个军的兵力，约六万人，且北伐军装备优于直鲁联军。方永昌依靠临沂城墙高厚坚固，外有护城河，奉命固守。经过十余天的激战，城内即将弹尽粮罄，军心开始动荡。

方永昌像热锅上的蚂蚁，坐立不安，惶惶终日。于是，他想求神问卜，以求自我安慰。当时考棚街的陈鹤泉占卦、算命、相面、拆字闻名全城，方永昌派了几名勤务兵去请陈先生。陈鹤泉知道方永昌是个杀人不眨眼的魔王，若应付不好，立刻就有杀头的危险，所以早已藏匿了。唯有没有名气的术士朱献文素日门庭冷落，自认为方永昌不会找自己，没有躲藏。勤务兵找不到陈鹤泉，无法回禀，便找到了朱献文。朱献文自知大祸临头，又无法脱身，只得跟着勤务兵走。他边走边想：北伐军势如破竹，临沂城危在旦夕，多则五日少则三天，方永昌必兵败城破，不死也是阶下囚。最后拿定主意，顺水推舟，多说奉承话，糊弄一时是一时，求得脱身再作计较。

朱献文到了军部，见方永昌愁眉不展，六神无主，便向前参拜说："恭喜将军，贺喜将军！"方永昌抬眼看了朱献文一眼说："方某孤守临沂，战况紧急，喜从何来？"朱献文奉承说："方军长不但善攻，而且善守，使临沂城固若金汤，几个蛮兵不过是以卵击石，全城人都托军长的洪福。待小民为军长占一卦定见分晓。"方闻言面生喜色。占了一卦，朱又胡吹说："这一课，按卦相上说，军长福大命大，一定有贵人相助，眼前虽然军情紧急，很快就转危为安，少则三日多则五天，蛮兵必然溃退，请军长放心。如果我说得不灵验，甘愿把首级输给军长。"朱献文一番话说得方永昌头脑发昏，乐不可支，亲自陪朱献文喝酒吃饭，然后派人将朱送回家。

朱献文惶惶不安地回到家中，立即藏匿起来，度日如年。俗话说"瞎猫捕了个死老鼠"，过了五天，北伐军真的撤退了。因为"四一二"政变后"宁汉分裂"，武汉政府声称要讨伐蒋介石。蒋介石为了应付武汉政府，急令何应钦的第一路军、白崇禧代理的第二路军和李宗仁的第三路军全部撤回江南。方永昌装模作势追到郯城，然后摆出一副凯旋的架势，回到临沂大庆胜利。事后，方永昌大摆宴席酬谢朱献文，在大庭广众之下称朱献文“神机妙算胜过诸葛亮，是当代的活神仙”，并将“君平再生”的巨匾（君平是西汉时著名的卖卜人，后隐居不出）赠给朱献文。方永昌手下的旅长、团长们都来捧场，从此“朱神仙”誉满全城。朱献文的卦馆终日“高朋满座”，生意兴隆。没过半年，朱献文就买了四十多亩地，又盖了新房。

“弃地遗民”连横复籍

台湾省当今政要连战，祖籍福建省，远祖于康熙年间移居台湾，其祖父是著名史学家连横。连横原名连雅堂，自幼受中国文化熏陶，十岁能文，熟读《春秋》、《战国策》等古籍，崇尚仁义忠勇精神。1895年，清政府与日本侵略者签订丧权辱国的《马关条约》，规定“本约批准互换之后，限二年之内，日本准中国让与地方人民愿迁居让与地方之外者，任便变卖所有产业，退去界外”，对于“限满之后尚未迁徙者，酌宜视为日本臣民”。1897年5月8日，是台湾同胞决定去留的最后日期。在此之前，仅台南就有五百多人内迁大陆，而未及迁出岛内的台胞均被强迫加入日本国籍，视为日本国的臣民。

连雅堂一家人因故未迁成，滞留台湾而成为“弃地遗民”。但连氏始终眷恋祖国，不甘为日寇顺民。他几十年如一日，广泛搜集台湾历史文献，编著成《台湾通史》、《台湾语典》等鸿篇巨著，“冀以维系民族精神不朽”，期望有朝一日重新做一名堂堂正正的中国人。

1914年，连雅堂寓居北京时终于夙愿得偿。当时，他向设在北京的国民政府内务部递交了请求恢复中国国籍的呈文。该呈文称："具呈人连雅堂，原籍福建省龙溪县马崎村，现籍日本台湾中厅台中街，现寓北京南柳巷晋江邑馆……兹依《中华民国国籍法》第十八条及施行规定第六条所规定，呈请许可复籍……"并在"愿书"中写道："愿回复中华民国国籍并遵守中华民国一切法律。"递文时间是民国三年，即1914年1月31日，连雅堂那年三十七岁。时任内务部总长的朱启钤、次长钱能训、司长于宝轩均在审批文件上盖章，批准他复籍。2月10日，连雅堂即领到复籍执照，次日再呈文内务部，呈请将连雅堂之名更正为连横。2月14日，获批准。关于连横当年呈文和有关批文的全部档案，现仍保存在南京"中国第二历史档案馆"，案卷标题为"寄居台湾侨民回国请恢复福建原籍兼改名有关文书"。

至于连雅堂为何要改名连横，则未见记载。近代文献年谱也只是一笔带过，语焉不详。连横一生热爱祖国，坚持"台湾固为中国版图"。1931年"九一八"事变，连横时年五十四岁，适逢儿子连震东毕业于日本东京庆应大学经济科。连横写信给儿子说：

欲求台湾之解放，须先建业祖国。全为保存

台湾文献，故不得不忍居此地。汝今已毕业，谙国文，应回祖国效命。余与汝母将继汝而往。

两年后，连横果然偕眷回国。可惜，壮志未酬，1934年6月26日，连横病逝于黄浦江畔。

连战是连横的嫡孙，连震东之子。1993年台湾电视台《八千里路云和月》专栏节目组去福建拍片，误将泉州惠安县山腰镇坝头村认作连战的祖籍地，加以传播，以讹传讹。如今根据连横档案可以证实，其祖籍实为今属龙海市的龙溪县马崎村。

《子见南子》惹风波

1928年，林语堂所撰独幕剧《子见南子》刊登于鲁迅、郁达夫主编的刊物《奔流》第一卷第六期。这是林语堂唯一的戏剧作品，孰料作品发表后掀起了一场轩然大波。

翌年6月，具有新文化思想的山东省立第二师范学校校长宋还吾组织学生会排演《子见南子》。该校校址恰好位于曲阜孔庙与衍圣公府之间。《子见南子》演出后立即遭到孔氏族人的围攻谩骂，他们还联名上告到教育部，要求严办以演剧侮辱孔子的宋还吾校长。呈状道："……6月8日，该校演剧，大肆散票，招人参观。竟有《子见南子》一出，学生扮作孔子，丑末角色；其女教员装成南子，冶艳出神；其扮子路者，具有绿林气概；而南子……丑态百出，亵渎备至。虽旧剧中之《大锯缸》、《小寡妇上坟》，亦不是过。凡有血气，孰无祖先？……对于此非法侮辱，愿以全体六十户生命负罪渎恳，迅将该校校长宋还吾查明严办，昭示大众。"署"孔氏六十户族人"之名。

教育部长蒋梦麟接到这份已另呈蒋介石的“御状”后，不敢懈怠，即派员到济南，会同山东省教育厅所派督学共赴当地查究。结果表明，呈状所告不实，且告状人也名不副实，幕后操纵告状者乃孔祥藻及当地孔教会会长孔繁朴二人。宋还吾也作了针锋相对的长篇答辩书，义正词严，据理力争。此事一时成为新闻热点，报纸纷纷将此案案情，以及宋还吾的答辩书、该校学生会的通电披露于众。于是社会各界普遍同情宋还吾。

舆论认为：山东二师学生会据名作家公开发表之剧本演剧，无可厚非。剧中亦无侮辱圣人孔子之处，孔氏族人不应该借此小题大作。岂料国民政府委员中又杀出了“程咬金”，身为孔子后裔的工商部长孔祥熙，依然力主严办宋还吾，而监察部长蔡元培则表示异议。不得已，教育部又做了大量的调查和协调，总算为宋还吾洗刷了蒙垢。但为了安抚反对者，教育部、山东省教育厅决定将宋还吾调离该校，以息事宁人。

《子见南子》是林语堂依据《论语》、《史记》改编创作的。剧情是，孔子率学生到卫国游说国君，希望能实行仁政。但能左右国君的卫灵公夫人南子对孔子的欲兴乐复礼、言必称尧舜文武周公的大道理不感兴趣，而对男女交往却很热心，不但成立了便于交往的“文艺研究社”，还当着孔子的面载歌载舞。孔子师生对南子的宏论无力反驳，更对女性的魅力表现出兴奋和惶恐。最后，孔子不得不说出“我先要救我自己”的话。

林语堂的本意是弘扬新文化思想，讥讽当时主张尊孔读经的复古派。剧本发表后，《奔流》杂志声誉大增，被抢购一空，一时“洛阳纸贵”，各地学子纷纷排演此剧。复古守旧派不肯善罢甘休，于是在孔子的故乡引发了这场笔墨官司。

胡适的“鸳鸯谱”

胡适乐于为人做媒、证婚，并备有一本特制的“鸳鸯谱”，让当事人签名留念。据说在这本“鸳鸯谱”上签名留念的第一对夫妇是赵元任和杨步伟。

1926年6月2日，北京《晨报》以特大字号发表了“新式人物之新式结婚——赵元任与杨步伟举行婚礼”的报道。胡适和朱经农的姐姐朱征女士同为证婚人，婚礼不请客，不收礼，但有两个例外，一是对个人书信、诗文、著作、音乐之类的礼物不拒绝，二是由各位来宾以自己的名义捐款给中国科学社不拒绝。结果婚礼这天，胡适却手里拿着一个大红包，一进门就要赠送。赵元任对胡适说：“请按通知办事，不要越格。”胡适哈哈大笑说：“正对。这是我自己考证的《红楼梦》著作，自己写的东西。”赵、杨大喜，愉快地收下了礼物。这下可把朱征急坏了，来时两手空空，拿什么做礼物来祝贺呢？胡适在一旁幽默地大笑道：“那容易，他们生小孩时，你给接生好了。”朱征听了又想笑又不好意思，瞥了胡适一眼，逗得在场的人哈哈大笑。

1936年，千家驹与杨梨音结婚。胡适是千家驹求学与求职的“提携人”，千家驹请他证婚，他当然高兴应允，并拿出“鸳鸯谱”请新郎、新娘签名。在致婚礼贺词时，胡适很风趣地开玩笑道：“千家驹是北大著名的捣乱头儿，但看今天的婚礼，一点革命气息都没有，大概从今天起，千家驹要变成杨家驹了。”这里的“杨”一语双关：一是杨女士管教起来了，二是变成一只绵羊。引得大家哈哈大笑。

胡适任中国公学校长时，不但破格聘沈从文为教授，同时还为沈从文做媒。中国公学女学生张兆和才貌双全，沈从文一见钟情，便一天一信，三天一书展开热烈地追求攻势。一天，张兆和抱着一大包书信找胡校长状告沈从文。胡适见此情景，非但没有批评沈从文，反而规劝张兆和说，沈老师给你那么多信，你一信未回，说明他真心实意地爱你，有一片“海枯石烂”之情，你应该和他谈谈看，接触接触。结果沈从文和张兆和喜结良缘，在教育界传为佳话。

著名诗人徐志摩和陆小曼相恋时，双方均已婚配。徐与陆搞婚外恋成为20世纪30年代文化界的一大新闻。徐的父母极力反对。胡适与徐的父亲关系密切，便极力疏通，使徐父最终同意儿子离婚另娶。徐志摩因此称胡适是比手足还要好的“好兄长”。其间，胡适夫人江冬秀也反对这门婚事，认为徐陆二人喜新厌旧，并当着朋友面十分严厉地对胡说：“你要做这个媒，将来他们结婚，你到台上，我抱都要把你抱下来！”胡适性情好，当面没有发作，事后江冬秀终于理解了。徐与陆都是再婚，非议颇多，故请梁启超为证婚人，胡适为介绍人。

仗义法官郁华被害

1939年上海《大美晚报》编辑朱惺公被日伪暗杀后，《申报》爱国记者瞿铖又在上海静安寺路遭敌特枪杀。凶手被租界巡捕擒获，由租界中的特区地方法院判处死刑。罪犯上诉到租界中的最高审判机关江苏高等法院第二特区分院，当时担任该分院刑庭庭长的是郁达夫的胞兄、著名法学家郁华。

郁华系浙江富阳人，别名郁曼陀，毕业于日本法科大学，曾担任过国民政府最高法院刑庭庭长，后调任租界高二分院。自日军侵占上海与南京等地后，日伪就多次向租界当局交涉，要把法院移交伪新政府管辖。由于英、美、法等国当时只承认重庆政府，因此交涉没有结果。日伪"特工总部"曾写信给法院人员进行利诱和恐吓，企图从租界法院内部打开缺口，但遭到郁华等人的断然拒绝。当瞿铖案上诉到高二分院后，郁华就接到日伪的恐吓信数百封，恐吓电话也昼夜不停。一时间瞿铖凶杀案的复审工作成为全上海及全国关注的大案，人们抱着各种各样的心态拭目以待郁华如何审结此案。敌人的无耻恫吓并没有动摇郁华维护国格和伸张正义的爱国之心，开庭前他仔细研究了全部案卷，对审判工作作了周密的准备与部署。

1939年11月22日，高二分院对瞿铖凶杀案正式开庭。旁听席上人头攒动，郁华身着法衣，神态庄重，正义凛然。郁华审讯过罪犯，便宣读罪状，最后提笔准备宣布终审判决时，人群中突然发生骚动，口哨声、喧闹声响起。但郁华神色自若，以庄严响亮的声音宣判："维持原判！"又加重语气："死刑！"然后徐步退庭。

于是，日伪"特工总部"执法处处长汪汉章作出了立即除掉郁华的决定，并将这一暗杀任务交给警卫队长、杀人魔王吴四宝执行。

郁华家住上海法租界巨拍赖司路一号，每天乘自备人力车去法院上班，顺道送六岁的儿子上学。就在判决凶犯的次日早晨，郁华像往常一样携幼子登上了人力车。刚出家门不远，突然从四周窜出数名凶手，一起用手枪对准郁华射击。车夫惊扑，车翻倒地，幼子被摔出一丈多远，幸未伤，郁华倒在血泊中奄奄一息。郁华的妻女闻讯赶来，俯身痛哭，许多行人围拢上来。只见垂危的郁华面含微笑，嘴角微动着，似乎要说什么。郁妻耳贴其嘴，只听郁华发出微弱的声音："我……用自己的……人格和头颅换取国格尊严……虽死……犹荣……"断断续续说完，就气绝了。

郁华是上海租界“孤岛”被日伪暗杀的第一名高级司法人员。接着，上海特区地方法院的刑庭庭长钱鸿业也被日伪暗杀。时称“司法界二血案”。

建国后，上海市人民政府追认他们为烈士。浙江人民还在郁华原籍富阳鹳山建立了“双烈亭”，以垂永念。

战火中的庐山孤儿院

1938年7月，日军由长沙水路进逼九江，赣北游击队司令杨遇春少将决定将在庐山避难的万余民众疏送下山。下山的几条主道均被日军封锁，难民们只有从山南荆棘丛生、险峻难行的庐山垄小道下山，但无法将婴幼儿带下山。万般无奈中，一些难民被迫忍痛将幼儿弃之道旁。杨将军见状，即令人沿途将婴幼儿拾抱集中。正当杨将军为安置婴幼儿焦虑时，在庐山休养的美国姑娘布朗挺身而出，将这些几个月到三四岁的婴幼儿全部收留。杨将军将指挥部一座大别墅让给布朗小姐作孤儿院，并命名为"快乐家"。布朗担任孤儿院院长，聘请了管理员、保姆和幼儿老师，并让孩子们以管理员胡安德女士的姓为姓，取名胡美玲、胡美霞、胡美则，等等。

布朗时年二十九岁，其父是著名的外科医生，她从护校毕业后在慈善机构工作，因患病来庐山休养，战火燃起未及回国。她以柔弱的肩膀担负起抚养战火中中国孤儿的重担后，很快向山上的外国侨民募到一笔捐款。她以美国人身份下山采购奶粉等，为节省开支，她拒绝坐轿，以顽强的毅力克服困难来回步行几十里山路。杨将军在紧张战斗之余经常抽空来院探望，并与布朗结下了真挚的友谊。杨将军部队据守庐山八个月后，日军设法从水沟小道攀上山顶，守军被迫撤离庐山。日军在庐山到处征占别墅，布朗用瘦弱的身躯竭力保护着孤儿院。她找到庐山日军最高指挥官义正词严地交涉，迫使日军放弃征用孤儿院。太平洋战争爆发后，次年5月日军向布朗下了驱逐令。在四年的困境和战火中，布朗将生死置之度外，对孩子们付出了极大的心血，以至孤儿院每件物品都记载了她的艰辛。为了使战火中的中国孩子能安全健康地成长，布朗在被迫归国前将孤儿院慎重地托付给瑞典人牧选青女士。布朗回国后，汇来过三笔大额款项，并时常来信询问孩子们的情况。1943年圣诞节，她还寄来四十二件亲手绣着“我爱你”的新衣服。

接任布朗院长工作的牧选青没有辜负重托，她为孩子们的成长亦倾注了大量的心血。为了解决困难，她不顾路途艰难，千里迢迢奔赴重庆找到了宋美龄。听完汇报后宋美龄深受感动，设法为庐山的孤儿们申请到一笔救济款。

1944年牧女士回国，由任劳任怨的胡安德女士接任院长。1946年7月23日上午，重返庐山的宋美龄在杨遇春将军的陪同下到孤儿院探视。随行记者报道了战火中诞生的孤儿院及其八年苦难历程，在国内引起强烈反响，并先后有十七名孤儿的亲生父母来认子。孩子们与父母抱头痛哭，离开时孩子们哭嚷着不愿离开胡妈妈、老师、小伙伴的场面令人潸然泪下。

此后两年间，国民党政府党政军要员与名流来领养了十多名孩子。1948年8月宋美龄再次到庐山时，胡安德带着剩下的十余名孩子随宋女士去了南京。如今这些庐山的孤儿们均是花甲老人，散居在海内外安度晚年。

南京审判战犯记

日本影片《自尊》歪曲历史，美化侵略战争，为战犯东条英机歌功颂德，否认东京审判的公正性，激起了爱好和平、维护正义的人们的义愤，中国政府也表达了严正的立场。《自尊》还炮制了一段有关南京大屠杀的法庭辩论，赤裸裸地抵赖侵华日军在南京犯下的滔天罪行。这使笔者联想起当年的南京大审判。

二战后，根据国际法原则和由中、美、苏等十一国组成的远东委员会关于处理日本战犯的决议，甲级战犯由设在东京的远东国际军事法庭审判，乙、丙级战犯则由直接受害国家的军事法庭审判。为此，中国的战争罪犯处理委员会分别在南京、上海、北平、汉口、广州、沈阳、徐州、济南、太原、台北设立了十个审判日本战犯的军事法庭。在南京大屠杀中率部烧、杀、淫、掠的日军第六师团长谷寿夫，一人屠杀俘虏及非战斗人员三百余名的第六师团大尉中队长田中军吉，进行杀人比赛的第十六师团少尉小队长、副官向井敏明和野田毅等战犯于1946年10月先后从日本引渡到中国南京受审。上述几名罪犯初在法庭上或矢口抵赖或花言巧语妄图逃脱罪责，但大量确凿的罪证使他们难逃法网。

谷寿夫呈交法庭的《陈述书》称，当时屠杀的重点在城内中央部以北、下关扬子江沿岸，以及紫金山方向，“与我第六师团无关……我师团于入城后未几，即行调转，故没有任何关系”。而铁的事实是，谷寿夫师团从中华门攻入南京并驻守在这一带，在大屠杀高峰期犯下了无数罪行。于是，军事法庭在南京全城张贴公告，号召民众特别是中华门一带的民众揭发谷寿夫师团的罪行。受害的南京人民像火山爆发般纷纷控诉日军暴行。法庭召开了二十多个调查庭收集罪证，所委托的全市十二个区公所也收集了大量人证、物证，包括从日军处缴获的照片、电影胶卷，还找到了上千证人，有关方面仅在中华门外五处就挖出了数千具受难者的骸骨。

当法庭于1947年2月6日公审谷寿夫时，他还想狡辩，说战争中双方死人难免，其部属除作战外没有滥杀。石美瑜庭长遂下令将被害人的头颅骨搬上来。宪兵们将头颅骨抬上来当庭出示，法医和检察员宣读鉴定书，这些尸骨系枪杀及铁器所击之伤痕属实。当年负责掩埋尸体的红十字会人员则介绍了埋尸缘由及经过，并指出日军不准他们正式统计所埋遇难者的准确数字。

在公审中，有八十多位南京市民和几位外籍人士到法庭作证。法官对每位入庭证人宣读："刑法第一百六十八条规定，证人供前或供后具结而为虚伪陈述者，处五年以下有期徒刑。"证人则宣誓"当系据实陈述，决无匿实增减"，并在《证人结文》上签字画押按手印。诸多证人陈述的一桩桩日军罪行，字字血，声声泪，揭露了谷寿夫部队杀戮无辜、奸淫妇女、焚烧劫掠的惨无人道的行径。

在1937年攻打南京的侵华战争中，日本报纸《东京日日新闻》连续数次报道了进行杀人比赛的两名日军的"战绩"。最后一篇题为《刀劈百人超纪录》的报道是：

> 浅海·铃木两特派员12日发自紫金山麓如所周知，相约攻到南京为止，作罕见的"刀劈百人竞赛"的片桐部队勇士向井敏明、野田毅两少尉，10日在紫金山攻略战的匆忙混乱之际，作出了一百零六对一百零五的纪录。10日正午，两位少尉终于是非吹牛地各提着砍缺了口的日本刀，碰到了一起。

当这一消息在日本各地传开之际，向井与野田已经继续挥舞屠刀，从郊外的紫金山麓杀向南京城，去残杀更多的中国人。

天网恢恢，疏而不漏。尽管这两个杀人狂军阶低，但他们所犯灭绝人寰的罪行震惊了全世界，不清算、不审判不足以平民愤，不足以维护国际公理和世界和平。所以，中国战争罪犯处理委员会作出引渡两犯的决议后，很快得到了国际社会的有力配合，驻日盟军总司令部于1947年八九月间，先后将两犯缉拿归案并予以引渡。11月6日，两犯被羁押在南京小营战犯拘留所。南京军事法庭对两犯的审讯持续了一个多月。

当检察官责问向井敏明："你在与野田毅进行的杀人比赛中，因杀一百零六名而取胜，有当时报纸的报道、照片为证，你知罪吗？"他竟胡说八道："《东京日日新闻》的报道纯属虚构。那是我们为了夸耀武功，博取女性的好感，将来回国好觅得佳偶。"检察官义正词严地驳斥："《东京日日新闻》乃日本重要报纸。在作战期间，日军当局对军事新闻的检查极为严格，岂允虚构宣传？至于以杀人竞赛之凶残兽行作征婚广告，以博取女性欢心，更为现代人类史上所未闻。这完全是荒唐的编造！"向井被戳穿谎言，沮丧地低下了头，不再辩驳。

当法庭审讯野田毅时，他竟然把自己亲手杀了一百多人的经历"忘记"得一干二净，连连摇头否认与向井有过什么杀人比赛。于是法庭向他出示了十年前的一张《东京日日新闻》，上有两犯的照片和杀人比赛报道。这张作为证据的报纸是东京的远东国际军事法庭寄来的。但野田毅看了报纸还白日呓语："报纸上的记载是记者的想像。"但铁证如山，岂容抵赖！经过法庭辩论，法庭认为两犯罪行是同类案件，应合并公审。

12月18日，对两犯进行了公审判决。审判长石美瑜操着一口福建官话，高声宣判："按被告等连续屠杀俘虏及非战斗人员，系违反《海牙陆战规例》及《战时俘虏待遇公约》，应构成战争罪及违反人道罪。其以屠戮平民认为武功，并以杀人作竞赛娱乐，可谓穷凶极恶，蛮悍无与伦比，实为人类蟊贼、文明公敌。非予尽法严惩，将何以肃纲纪而维正义？爰各科处极刑，以昭炯戒。"翻译把判决译成日语后，两犯当场吓得魂不附体，面色死灰。法庭内外的南京市民听到判决后拍手称快，有的竟激动得哭了。

康有为的风水宝地

康有为是广东南海人，时人又称康南海。1895年，他赴京会试，中进士，授工部主事。但他并未上任，而是在京组织了“强学会”，鼓吹变法。1898年，他参与并主持“维新变法”运动，虽然得到光绪皇帝的支持，但因慈禧太后的反对，最后以失败而告终。之后，他逃往日本，组织“保皇党”，并反对孙中山领导的资产阶级民主革命运动。

晚年的康有为在青岛定居，虽然继续主张复古，但他自己也知无望，所以便把主要精力放在了安排自己的后事上。为了死后占块风水宝地，造福子孙后代，他经常坐着车到风光秀丽的崂山寻找坟地。从南麓找到北麓，从东侧寻到西侧，踏遍了千条涧、万面坡，结果竟未找到一处满意的地方，他颇感失望。

在一个春光明媚的日子，康有为乘车去郊外访友，当行至一个叫李庄的地方时，突然发现不远处的一座山树木葱郁，百花盛开，美不胜收。山下一道弯曲起伏的黄土岭绵延伸展十余里长。整个山岭在阳光照耀之下犹如一只五彩凤凰，闪闪发光。康有为看罢感叹道：“真是踏破铁鞋无觅处，得来全不费工夫。我几年来到处寻找风水宝地，终无所获，没想到今天无意之中碰上了这个好去处。”这时，正好一位砍柴的老汉由此经过，他上前问道：“老人家，这山叫什么名字？”老汉回答说：“这山叫凤凰山。”康有为听后更加高兴，朋友也不会了，令车直向凤凰山驶去。

康有为一边登山，一边四处眺望。只见那山西面高峰如凤冠，东西长岭似凤尾，山南山北两道余脉，活像凤凰的两只翅膀。在后山的凤翅之下，恰有一块凹地，草深林密，北临大河，南靠凤肚，东依高岭，西挨平川，俨然一块藏龙卧虎之地。如在此修建坟墓，肯定会后代兴旺、家业发达、前途无量。他越看越是满意，当即决定将此处作为自己死后的风水宝地。他拿出一百块银圆托人买下这块地，又亲自选定黄道吉日破土动工，为自己修起坟墓来。他十分庆幸自己找到了这么一块好归宿。

1927年3月的一天，康有为在一家饭馆吃螃蟹，不幸中毒身亡，享年七十岁。家人遵遗嘱将其葬在凤凰山的风水宝地，坟前立有一块花岗岩墓碑，上刻“南海康先生之墓”。至此，家人及亲友均以为可以告慰康有为在天之灵了。

谁知天有不测风云，这风水宝地也并不可靠。在康有为死后三十九年的1966年，中国大地上爆发了史无前例的“文化大革命”，那些“舍得一身剐，敢把皇帝拉下马”的红卫兵小将们来到凤凰山，把“保皇派”的祖师爷康有为从风水宝地下挖了出来，用铁丝将其镶着金牙的脑袋挂在汽车上游街示众，最后抛到荒郊野外去了。

当时幸亏青岛市博物馆又把康有为的尸骨和头颅收藏了起来。1985年，青岛市政府决定将康有为重新安葬在依山临海、风光秀丽的浮山坡上，看来这里才是他真正的风水宝地。

周恩来生母万冬儿

江西省南昌县向塘镇的万氏族谱，记载着一代伟人周恩来生母万冬儿的芳名。万冬儿之父万青选系晚清淮阴县知县，1872年冬生下一女，故取名冬儿。

1969年旧历除夕之夜，周恩来总理和夫人邓颖超邀请末代皇帝溥仪兄妹到家里吃年夜饭。总理嘘寒问暖，谈笑风生。当问到溥仪的五妹夫万嘉熙时，总理深情地说："我的母亲也姓万，是江西省南昌县人，我们周家同你们万家还是表亲关系呢。"

万冬儿的父亲万青选曾经在清河县（今江苏省淮阴县）做了三十年知县，后定居清河，在当地也算是有名望的人物。万冬儿排行十二，故又称万十二姑，她读过五六年家塾，从小受到良好的教育。由于家庭的影响，十二姑性格开朗、精明果断、乐于助人，嫁到周家后，更是贤惠能干。周家许多大小事情都离不开她。当时周家处于衰败时期，生活一天不如一天。1898年3月5日，万冬儿在江苏淮安府山阳县（今淮安县）生下了周恩来。冬儿和丈夫商议，给孩子取名“大鸾”。鸾是一种与凤凰齐名的神鸟，象征吉祥幸福，父辈把振兴国家的希望寄托在长子身上。

周恩来不满一岁时，他最小的叔父病危，膝下无子女。周恩来父母商议，决定把恩来过继到叔父家。叔母陈氏也是书香门第出身，粗通医术。

恩来过继陈氏之后，生母万冬儿又怀了弟弟恩博。恩来改称生母为干妈，称嗣母陈氏为“娘”。为了哺育继子，陈氏又托人在当地找了蒋江氏为乳母，三人共同生活。周恩来的生母、嗣母、乳母三位母亲相处非常融洽。多年来，外界相传陈氏为恩来之母属误。其实，万冬儿才是周恩来的亲生母亲。

1904年，六岁的周恩来随父亲、母亲、嗣母和弟弟一起搬到清河县清江镇（今江苏省淮阴市）外祖父家居住。这时，外祖父万青选病逝了五年，留下了一大家子人和各种书籍。周恩来在这里的一位私塾先生的指导下读了大量的书籍，奠定了他广博知识的基础。

当时，周恩来的外祖父家家境已大不如前，一家子人多口杂，不免会有这样或那样的矛盾和纠纷，但总有办事公道的万十二姑出面调解，总算相安无事。在这样错综复杂的环境中日久天长，万冬儿积劳成疾，加上忧郁，一病不起，于1907年春天不幸病逝，时年仅三十五岁。

周恩来与鲁迅同宗

中国现代史上两位伟人周恩来与鲁迅的同宗关系一直鲜为人知。

周恩来出生在江苏省淮安县，但是他一直把自己看作是绍兴人。在《射阳忆旧》中，他写道："余本浙人，自先人为宦吴省，遂迁家而居焉。"他在南开学校的毕业证和赴法留学的证件上，填写的籍贯都是浙江会稽或绍兴。抗战后，他还向美国记者李勃曼解释为什么自己的籍贯是绍兴："我的祖父名叫周殿魁，生在浙江绍兴。按中国的传统习惯，籍贯从祖父代算起，因此，我是浙江绍兴人。"

周恩来不但把自己看作是绍兴人，而且还凭直觉感到自己与鲁迅（周树人）还可能是同宗同族。1938年10月19日，在鲁迅逝世两周年的纪念日，周恩来在武汉纪念会上作了演讲。他一开头就说："我想，在今天鲁迅先生逝世两周年的纪念会上，大家都是诚意的来纪念鲁迅先生的。我自己不是文学作家，然而却参加了文艺协会，同时，在血统上或许是鲁迅先生的本家。因为都是出身在绍兴城的周家。”

1939年春，周恩来到浙江视察抗战时，回到故乡绍兴，特意了解与鲁迅的关系。他多次查询了百草园的鲁迅与自己百岁堂的周家是否是同族关系，并为此查阅了同族家谱。一天晚上，他在警卫员刘久长的陪同下，到姑父王子余家与事先约好的绍兴大明电气公司的青年工人座谈。席间，他转言问姑父王子余：“周家跟鲁迅是否同族？”王子余答道：“同姓不同族，鲁迅是鲁墟周，你是后马周。”周恩来听后礼貌地点头示意，继而称赞鲁迅是革命的硬骨头，说要学习鲁迅不畏强暴的精神，把抗战坚持到底。

当然，周恩来了解与鲁迅是否是同族，并不是为了沽名钓誉，就像他所说的那样是为了更好地学习鲁迅不畏强暴的精神。

中华人民共和国成立以后，周恩来又托友人继续调查自己与鲁迅的关系。经过调查，他与鲁迅的关系终于搞清楚了。他们确是同族同宗：鲁迅属于周氏鱼化桥支覆盆桥分支，他属于周氏鱼化桥支保佑桥分支。

接着，便是认宗了。1952年的一天，许广平到中南海周恩来家做客。周恩来很恭敬地迎接她，亲热地说：“广平同志，排起辈分来，我应该叫你婶母呢！”许广平年纪要比周恩来小，哪里受得住这番礼节，红着脸忙不迭地摇手：“不敢当，不敢当。”

周恩来不仅向许广平认亲，后来还向周建人认亲。1969年，中共“九大”期间，周恩来特地到北京饭店拜访周建人。他用绍兴腔对周建人说：“建老，我已查过了，你是绍兴周氏二十世孙，我是绍兴周氏二十一世孙，你是我的长辈，我要叫你叔叔喽！”周建人见周恩来如此有礼，也忙说：“你是总理，不敢当。”

宋氏姊妹的终生憾事

宋氏家族由于两岸分隔而天各一方，始终未能重聚，不能不说是该家族历史上的憾事。其实，是人为的因素使得宋家三姊妹重逢的机会擦肩而过。

那是1971年4月25日，当时在美国的七十七岁的宋子文，在旧金山一次晚宴上突被食物噎住，导致身亡。正在戴维营度假的美国总统尼克松得悉后，立即提前返回白宫。他很想利用宋子文葬礼这一契机促成宋庆龄与宋美龄、宋蔼龄三姐妹的重逢。这样，既可以显示成全宋氏三姊妹重逢的人道主义精神，同时也为叩开中华人民共和国的外交大门找到敲门砖。因为尼克松知道，只有通过高层领导人之间的接触，才能疏通谈判渠道，改善中美关系。当时任中华人民共和国副主席的宋庆龄，恰是他最盼望会晤的合适人选。

为了达到这个目的，在基辛格的建议下，1971年4月26日尼克松总统向台北的蒋介石和宋美龄发了唁电。唁电不仅使宋美龄大感意外，同时也引起蒋介石的关注。当时美国频频向中国大陆投送秋波，展开“乒乓外交”，已使台湾预感到前景不妙。蒋介石很想借此机会再次施展其“夫人外交”的攻势，在参加宋子文葬礼时继续讨好美国。不料，宋美龄的专机刚飞到夏威夷上空就收到蒋介石的急电：“暂不飞纽约。”这是怎么回事呢？原来，这天的《纽约日报》透露了秘密。该报刊登出“中华人民共和国副主席宋庆龄女士将于近期飞往纽约”的消息。蒋氏不得不有所考虑。三天后，蒋介石看出尼克松急欲同中华人民共和国改善关系的用意，同时又担心宋庆龄前往参加葬礼会给中共实施统战造成机会，所以不希望宋美龄到纽约，出现三姊妹会面的场面。蒋再次电示宋美龄勿去纽约，宋美龄只好遵命行事。虽然到达了美国，却没有参加在纽约举行的葬礼，月底悄然返回台北。

至于宋庆龄未能成行，则是由于短期内无法解决包机问题。当时中美没有通航，中国又正处于“文化大革命”时期，领导人出国要考虑交通安全。解决不了包机问题，错过了时机，只好作罢。因此，尼克松安排三姊妹会面的计划也落了空。这对宋氏三姊妹来说，不能不说是件终生遗憾的事。

十年之后的1981年5月29日，宋庆龄在北京以八十九岁高龄溘然长逝，北京为这位“国母”举行了隆重葬礼。远在海外的孙中山的亲属多人前来奔丧，各国领导人也纷纷发来唁电。惟独居住在台湾的宋美龄没有应邀到大陆为姐姐送别，甚至以拒收北京拍发的讣告电报的办法装聋作哑。当时的香港报纸多有评论，认为各国首脑包括美国总统都出于礼貌发来唁电志哀，而近在咫尺的亲姐妹却未能见上最后一面，甚至没有任何反应，实非明智之举。或许这位蒋夫人自有其难言的苦衷，或许北京拍去的电报根本就没有送达收件人手中，在“电报局”就被奉命退回了。

梅兰芳与小凤仙

梅兰芳是一代京剧大师，小凤仙是民初京都名妓，谈到二人的交往，还颇有一番故事。

20世纪20年代末，梅兰芳在北京天坛剧场连续演出。他万万没有想到，在众多的观众中有一位，崇拜他的风尘女子，天天去看他的戏，这就是小凤仙。小凤仙从小喜欢京剧，也会唱上几段。她看了梅兰芳的《霸王别姬》后，设想到一个须眉男子会把一位柔情炽烈的女子演得如此惟妙惟肖、情深意切。尤其是看到虞姬自刎前对陷入绝境的霸王恳切陈词，联想到自己对蔡锷反袁行动的支持，小凤仙更是感慨万分。过后，她抑制不住地给梅兰芳写了封信，将自己的感受告诉了他。梅兰芳阅罢信，连连称赞写得好，而且颇有同感，可是按信上地址回访时，已人去楼空。

由此，梅兰芳想起1926年秋天的一件事。当时北伐军的号角震荡大江南北，北京街头的地摊摆满了古玩珍品。一次梅兰芳买到一幅水墨荷花。泼墨之淋漓、气韵之生动，让他非常欣赏，再看题字写道：“出于污泥而不染，绿叶碧水映红斑。凤仙。”他也曾注意到出卖字画的摊主是一位三十岁左右的妇女。明明是大名鼎鼎的小凤仙，却未引起梅兰芳的注意。

一周后，戏曲教练钟先生来到梅兰芳的寓所，无意中发现这幅水墨荷花，当看到署名“凤仙”二字时，不禁惊愕。他当年为蔡锷将军和小凤仙唱过戏，听说小凤仙擅长书画。他便把小凤仙和蔡锷将军的深情厚谊和同心讨袁的故事讲述给梅兰芳。梅兰芳听后深深敬佩小凤仙的胆略和智慧，更哀怜她的沦落红尘。梅兰芳第二天再到小摊时，那卖画女子已不知何往了。

斗转星移，时光流逝到了1951年初春，梅兰芳率团赴朝慰问演出返回沈阳时，住在交际处。一天突然收到小凤仙一封信，上写：“梅同志……望在百忙中来信一告……如不弃时，赐吾一谈，至为至盼。”

梅兰芳既惊又喜，多年想见小凤仙一面的愿望终于可以如愿了。梅兰芳立即吩咐秘书许姬传按来信地址回函，约她来见。

小凤仙如期前来，梅兰芳偕夫人福芝芳盛情接待了这位半生坎坷、又长期埋名匿迹的奇女子。小凤仙如见亲人，她叙说了自己幼年不幸的出身家世和沦落青楼为妓的悲惨遭遇，及这些年来孤身一人在东北的漂泊生涯。梅兰芳恳请她讲述当年在北京结识蔡锷将军并掩护他从天津脱险的经过。小凤仙眼睛一亮，随即沉浸在深深的回忆中。当她讲述到蔡锷在北京时咽喉已患病，但日夜忙于讨袁事宜一直没能得到全面治疗，最后不幸早逝时，已泣不成声。

临别时，梅兰芳握着小凤仙的双手说："我今天才知道，你是这样的一个人，我们相见恨晚！"并赠款相济，之后还建议有关部门给她安排了工作。

名人情话

MingRenQingHua

康有为与西湖船娘

杭州电视台曾为广大观众推出电视剧《西湖船娘》，该剧写的是西子湖上船娘兰花的一段曲折爱情故事。当然，这是含有虚构性的文艺创作。其实，在清末民初的西湖船娘中，不仅有兰花其人，还有荷花、杏花，曾有“西湖船娘三朵花”之誉。在袁世凯复辟称帝年代，南北军阀官僚来游西湖，往往非要指定“三朵花”为他们划桨操舟不可。一些文人墨客也对“三朵花”吟诗撰文，搞得相当热闹。“西湖船娘”成了人们对西湖摇船姑娘的亲切称呼。

“西湖船娘三朵花”中，以第一码头的兰花和长桥码头的荷花最为出色。兰花年方二八，娇媚轻盈，逗人喜爱，名气很大。荷花虽然貌美，但年龄较大，不善交际。杏花生在诸暨苎萝村，与西施同村，淳朴可爱，沉默寡言。

当时的兰花与曾经叱咤风云、显赫一时的维新领袖，后来又成为保皇党首领的康有为有过一段白发红颜的情事。

康有为协助张勋复辟活动失败后，晚年卜居杭州西湖“一天园”（杭州人称“康庄”）。此园位于丁家山，三面临湖，与北面孤山遥遥相对，有“小孤山”之称。这里林木葱郁，风景秀丽，西湖二十四景之一“蕉石鸣琴”就在这山上。当时，康有为虽已隐居，但仍不时外出访友，出门时常以西湖游船代步。居住南山的船工张阿毛和他妹妹兰花看中了这位大主顾，巴结着为他划船。康有为在游船上常常一边欣赏西湖山水，一边向兰花兄妹请教些西湖掌故，慢慢地就厮混熟了。康有为对兰花逐渐钟情，感情日增。这位兰花姑娘颇有几分惹人喜爱的稚气之美。而颐养天年的康有为在“一天园”又不甘鳏居的寂寞，就将兰花接过来作为贤内助。从此，这位湖上女变成了“山中人”。

康有为的这段西湖艳史当时曾轰动杭州城，大小报刊争相登载。好事的杭州人本来将康有为尊称为“康圣人”，而今兰花从一个普通西湖船娘一跃而为“圣人”贤内助，于是有人在报上称兰花为“兰花圣母”。还说什么“一天园”里梨花海棠相映成趣，且有白发红颜徜徉于西湖山水之间，不知者误以为白发祖父携孙女共游西湖矣。

不过，康有为并不嫌弃这位西湖姑娘出身微贱，对她真情相待。1927年康有为逝世后，兰花矢志守节，隐居康庄以报康有为相爱之情。后来康庄收归市府管理，兰花便寄居康有为朋友郭庄主人那里，以后又移居上海。

“西湖船娘三朵花”中，以兰花境遇最佳。杏花操舟不久也嫁人离开了杭州。荷花年纪最大，为人老实，后与船工相爱，移居西湖茅家埠。该地为著名龙井茶产地，从此她忙于种茶采茶了，春汛时节有时也执桨操舟。

伉俪情深梁启超

梁启超先生在他的夫人李惠仙女士逝世后不久，曾为文悼念。其中有句：

> 风雪蔽天，生人道尽，块然独坐，几不知人间何世！哎！哀乐之感，凡在有情，其谁能免？平日意态兴会淋漓的我，这时也嗒然气尽了。

悲痛怀念之情跃然纸上。

梁启超出名始于变法维新，继而宦海浮沉，晚年著书讲学。其为政的功过早已多有评品；其文章的议论畅达、感情奔放，亦为海内外同视，堪称一时之创；而他与夫人伉俪情深，尤其为人所称道。

梁夫人李惠仙出身官宦人家，堪称大家闺秀。他们是梁启超在京师会试时结的婚。梁启超会试落第后，李惠仙随梁回到新会乡间。当时梁家十分清贫，但新夫人不以为贫，奉箕帚，敬老人，与梁启超同甘共苦，相敬如宾。

戊戌变法失败后，梁启超流亡日本。政治流亡者的生活是动荡的。不久，梁启超又到檀香山办理保皇会事宜。当时，梁启超正是风华正茂、勃发有为之年。一次在檀岛华侨举行的欢迎宴会上，梁启超慷慨陈词，议论风生，为他担任英语翻译的是当地的一位华侨何惠珍女士。梁启超的演讲令闻者动容，而何小姐的翻译也流利畅达，获得阵阵掌声。何小姐正当妙龄，而且仪态万千，席散后即向梁启超表示了敬爱之情。

此后，梁启超离开檀岛到外埠演说时，因缺少翻译，便想起何小姐来。当时，有的英文报纸对梁启超进行抨击，他因不通英文也无从答辩。正值为难之际，他发现竟有一位作者一再为文反驳，也不知作者为谁。这时，梁启超的几位挚友都劝他与何小姐结合。在允许男人纳妾的当时，这本来不足为奇，但是梁启超以为自己流亡异地，生命毫无保障，与结发夫人尚且天各一方，哪能再连累何小姐。后来，他获悉在报上著文为自己辩护的竟是何小姐，益增对何的感激与敬慕。梁启超内心无法平静，但是他对李惠仙的情爱是坦诚深挚的。于是，梁启超给远在日本的夫人写信，详述了与何小姐相识的过程，并自白：

> 觉得心中时时刻刻有其人，不知何故也。……提笔详记其事，以告我所爱之惠仙，不

知惠仙闻此将笑我乎，抑恼我乎?

梁启超并将何小姐所赠小扇一把寄给夫人代为收藏。这次经历是对梁启超与李惠仙夫妻之情的一次考验，最终他们胜利了。

卢慕贞明大义支持孙中山

卢慕贞，广东香山县上恭都外茔乡（今珠海金鼎镇外沙村）人，生于1867年7月30日。其父卢耀显与孙中山的大哥孙眉同为檀香山侨商。经亲友介绍，两家父母同意，在孙眉的支持下，1885年卢慕贞与孙中山结婚。其时孙中山十九岁，卢慕贞十八岁。两人是过了门才相识，开始没多少感情。经过一段时间，卢慕贞敬佩孙中山的才智、勤奋和爱国精神，孙中山为卢慕贞的勤劳、贤淑所感动，两人感情日深，生育了儿子孙科、长女孙娫、次女孙婉。

辛亥革命成功后，1912年元旦孙中山就任中华民国临时大总统。卢慕贞在跟随孙中山游历大江南北的一段日子里，常为不能襄助孙中山主理国家大事而内疚。特别是她从小缠脚，走路不方便，觉得和孙中山在一起有损领袖的形象，所以逐渐萌发了为孙中山另找一位贤内助的想法。她常对孙中山的侍卫郑卓说："我是乡下人，不识字，也不懂英文，先生的事业我帮不了手。我缠着脚，连走路都不方便，怎能帮得起先生呢？”初时，她劝孙中山纳妾，孙中山不同意，说革命党人不兴那一套。后来，她便主动提出与孙中山分手。卢慕贞善良、慈爱、深明大义，在孙中山领导推翻清王朝的岁月里，她呕心沥血、历尽艰辛照顾孙中山的父母，抚养子女。他们共同生活了三十年，卢慕贞堪称贤妻良母的楷模。孙中山坚持要长期与卢慕贞生活在一起，不同意离婚。

卢慕贞爱孙中山，又一心想支持他的事业，但孙中山不同意离开她，她便采取了逐渐淡化孙中山对自己感情的回避法。她借口照顾娘家母亲回到了娘家。孙中山几次托人召卢慕贞会面，她总是找借口不肯前往。1913年初，孙中山游历日本，卢慕贞赶到日本，再次正式向孙中山提出离婚。孙中山见她离意已定不可挽回，只得答应了她，正式结束了婚姻关系。

卢慕贞与孙中山离婚后，仍然时刻关心孙中山。1914年，宋庆龄继其姐宋蔼龄任孙中山的秘书。共同的志趣和革命理想培植了他们之间的感情，他们的婚事却遭到了宋氏父母和孙中山周围部分人的反对。卢慕贞知道此事后，立即托人写信给廖仲恺的夫人何香凝，请她成全孙宋两家的婚事。此信在当时革命同志中传为美谈。孙中山与宋庆龄结婚后，卢慕贞与宋庆龄的关系亦处得很好，总是以姐妹相称。卢慕贞经常告诫子女一定要尊重继母。孙中山也始终关怀卢慕贞。他与宋庆龄订婚时，仍写信征询了卢慕贞的意见；对她的生活一如既往地关照，不时托人送钱送物，前往看望。孙中山回粤主持军政时，常抽空同宋庆龄一起回乡看望卢慕贞，并在日理万机中经常写信问候。现在翠亨中山纪念馆中保存的孙中山给卢慕贞的六封信，充分表达了孙中山对卢慕贞的深情。

赛金花与魏斯灵

晚清名妓赛金花是近代史上褒贬不一的人物。她本为苏州一贫家女，姓赵，原名灵飞。为生计所迫，入画舫陪客应酬喝酒赏景。后嫁与状元洪钧为妾，陪洪出使德国、俄国、荷兰与奥地利四国。洪死后，她为洪府弃逐，重堕风尘，改名赛金花，往来皆达官贵人。因其常常女扮男装，策舆驰骋，故人又称之为“赛二爷”。

李烈钧就任江西都督时，部下有一位叫魏斯灵的金溪人。魏斯灵是光绪甲午年（1894）举人，后东渡日本入东京中央大学攻读法政专业。1913年李烈钧被袁世凯免职，遂发动“湖口起义”。在“湖口起义”中魏斯灵为筹措粮饷，往上海订购枪支弹药。起义失败，魏斯灵被袁世凯通缉，逃至上海。魏斯在逃避军警追捕时误入赛金花寓所，为赛金花所救。魏斯灵早闻赛金花在庚子年（1900）八国联军侵占北京时，见侵略军烧杀掳掠极为残忍，曾说服在德国时结识的联军统帅瓦德西整肃军纪，使北京居民少受蹂躏。今又见其冒着生命危险为自己掩护、治伤，确是位侠骨柔肠的女子，不禁为之心动。赛金花亦从报刊上及与友人晤谈中得知魏斯灵投身革命后诸多事迹，钦佩其为国为民不顾牺牲的豪情壮志，今又见其坦率、诚挚，不失仁人志士的风度，也为之倾倒。在十多天的接触中，双方从相识、相亲、相爱，到山盟海誓。

二次革命失败后，孙中山、黄兴、李烈钧等逃亡日本，魏斯灵在国内也难以立足，伺机外逃。赛金花胆大心细，先让一位假扮魏斯灵者走出家门，引开便衣密探。随后魏化装成一老者，缓步而出，然后登上一辆人力黄包车奔向码头，登上绕道香港去日本的轮船，脱离了险境。

1915年12月25日，云南宣布独立，组成护国军。魏斯灵在日本闻讯后，连日返回香港，进入云南，加入李烈钧的第二军参与机要。此后数年，魏斯灵一直跟随李烈钧在军中服务。

驻留上海的赛金花自魏斯灵走后，停止妓业，一直等待魏斯灵回沪。后来两人重逢，悲喜交加，择日举行婚礼，并请李烈钧证婚。由于民国要人出面为红遍京沪的赛金花证婚，引起极大轰动。当时上海的社会名流、军政界的头面人物和新贵们，以及各报记者纷纷前往祝贺和采访，门前车水马龙，途为之塞。

赛金花结婚后改称“魏赵灵飞”。后魏斯灵任国务院咨议，当选为国会议员，全家北迁，定居北京。1921年7

月，魏斯灵病逝，赛金花又一次遭受丧夫之痛，并被迫离开魏家。此后，赛金花贫困潦倒，破屋坚守，于1936年12月4日病逝，结束了她大荣大辱、大富大贫、大贵大贱的一生，终年六十五岁。

袁世凯骗娶李公主

光绪二十年(1894)，李鸿章推荐袁世凯驻高丽(朝鲜)汉城做交涉通商事宜全权代表。

有一天韩王李熙问袁世凯:“阁下多大年纪？”答:“三十五岁。”问:“为何没有把家属带来？”答:“尚未娶妻。”问:“而立之年，何以未娶妻？”答:“总没有合适的，况且公务繁忙，没有工夫谈及此事。”

李熙对袁世凯说:“我的二女儿年方二十一岁，也是找不到适合的驸马。”袁世凯说:“岂敢高攀？”韩王说:“不然，倘阁下不弃，愿阁下前来宫中玩耍。不但我欢迎，二女儿早已闻阁下大名，必然也欢迎！”袁世凯对女人是个好“猎手”。自此，他和韩王妃及二公主热乎得如同一家人。韩王和王妃也纵容女儿同袁世凯打得火热，如胶似漆。

从韩王李熙跟袁世凯提议这件婚事起，时间不到百日，袁世凯和二公主便举行了隆重的结婚大典。结婚时还有两名陪嫁:一名是王妃的妹妹金氏，一名是贵族吴氏。

袁世凯走了桃花运，喜不自禁，真是一箭三雕呀。

一年后，二公主、金氏、吴氏随着袁世凯奉朝廷之命回国。二公主这才发现，袁世凯十九岁时在家乡早已结婚了，结发之妻就是于氏。而且袁世凯早年在苏州嫖妓，同妓女沈氏又搞得火热，后用二百两银子为沈氏赎身，纳她为妾。

韩王李熙之女到了袁世凯家位居第二姨太太，陪嫁过来的韩王妃之妹金氏和贵族吴氏分别为第三和第四位姨太太。她们身居异国，在袁世凯的强权之下常常抱头痛哭。一次痛哭时被袁世凯发现，袁猛然举起身带的指挥刀说："你们想回国，我就宰了你们。"吓得三人跪在地上求饶。袁世凯说："你们的国家已然被日本人占据了。如果你们回国，日本人不杀了你们，也会被千百个日本兵轮奸。"三人吓得异口同声说："禀报大人，我们不回去了。"

袁世凯心想，这招还真灵，便转怒为喜。以后改变策略与三美人同床共枕。日久天长，这李氏给袁世凯生了二女四男，金氏给袁世凯生了二男二女，吴氏给袁世凯生了二女一男。

1913年，袁世凯就任大总统的中秋节，于氏分别把各房的姨太太请来，对她们说："今晚大人可高兴了，八月十五吃个团圆饭。"说着只见丫鬟们端上元宵来。袁世凯一见就说："他妈的，偏偏叫元宵，不知哪个朝代传下来的。"大姨太太沈氏说："元宵者，袁消也。外边卖元宵的都叫汤元了。”袁世凯的二姨太太李氏想起当年袁世凯欺骗父亲说没有结婚的事，恨恨地想：你这袁世凯早就应当“袁消”了。

果然，未过一百天，袁世凯就“消亡”了。

梨园女杰拒当总统夫人

刘凤玮，天津人，自幼学戏，专攻老生。由于她嗓音洪亮，风姿翩翩，唱到十七八岁便轰动京津，因此被天津老乡、袁世凯手下实力人物曹锟看中。

这位曹三爷家中已有三房妻室，现要娶刘凤玮当第四夫人。刘凤玮出身贫寒，面对这个大军阀的淫威一口回绝。谁知曹锟并不死心，大有不达目的决不罢休之势。刘凤玮的母亲是个胆小怕事的本分人，便对媒人说，曹三爷若真有诚意，得下龙凤帖子，用八抬大轿，明媒正娶才行。曹锟一口应允。就这样，母女俩相抱大哭一场，刘凤玮被抬进曹家。

刘凤玮在曹家虽然备受恩宠，但与这个家庭的官场作风格格不入。好在曹锟大大咧咧，除不许她登台唱戏外，其他事全不计较，所以她也就比较安定地过了下来，还为曹锟生了两个孩子。

袁世凯死后，曹锟成为直系领袖人物。他开始大肆拉拢各派议员，为自己上台作准备。1923年6月，曹锟迫使总理张绍曾辞职，又对总统黎元洪逼宫夺印，形成事实上的军事政变。然后在甘石桥成立议员俱乐部，很快云集议员五百多名，达到了法定人数。他给议员发出支票，普通票额每张五千元，特殊票每张一万元。在军警戒备森严的“总统选举”中，曹锟以四百八十票当选为“大总统”。据说他为当总统共花贿款一千三百五十六万元，成为历史上有名的“贿选总统”。

按说，刘凤玮会因此事而更加尊荣起来，谁知这位梨园女杰偏不稀罕这“总统夫人”的美名，说什么也不肯伴驾入室。她从戏词里知道，凡是以不正当手段得来的官都不会有好下场，并认为花钱买的总统是一种羞耻。为此，她和曹锟冲撞起来，最后一怒之下带着孩子回了天津老家。临行前，她对曹锟说：赶明儿你好了，咱不眼热，你倒霉了，也别来找我。曹锟笑道：我老曹一根枪杆打天下，咋会有向你求情的日子？

谁知曹锟说这话还不到一年，就真倒霉了。第二次直奉战争爆发，他的部下冯玉祥倒戈政变，他一下子沦为阶下囚。直到张作霖打败冯玉祥后才被放出，一年后回到天津。

曹锟到天津后贫病交加，最后终于忍耐不住，偷偷给刘凤玮写信哀诉苦衷。刘凤玮本来抱定主意不再见曹锟，但此时见他如此凄惨，又动了恻隐之心。她亲自把曹锟接到家中，为他求医治病，守在床边悉心照料，感动得曹锟老泪纵横。他说：真想不到你还这样待我，想想真后悔啊。刘凤玮开导他，劝他不要再涉足政坛，更不能丢掉民族尊严去当汉奸。她的苦心还真保全了曹锟的一点晚节。在“七七”事变后的一天，曹锟的老部下、河北日伪省长高凌霨来劝说曹锟出山为日本人办事时，曹锟忽地坐起，大声吼道：“你给我滚出去，以后再不许登我曹家的门！”直把“高省长”吓得脸色发白，浑身打哆嗦。刘凤玮夸奖他说：“曹三爷啊，你一辈子就这两句话给咱天津父老兄弟挣脸啦！”

张勋复辟拒妻谏

辛亥革命后，袁世凯窃取了临时大总统的职位，张勋的军队被编为武卫前军。为了表示效忠清朝，张勋的军队一直保留着辫子，被称为“辫子军”。

1917年6月，张勋以应黎元洪电召调解黎元洪、段祺瑞的矛盾为名，率三千“辫子军”北上入京。张勋入京后，急电各地清朝遗老进京，“襄赞复辟大业”。同月30日，他在清宫召开“御前会议”，并于7月1日撵走黎元洪，拥溥仪复辟帝位，仍称为宣统。张勋自封为“议政大臣兼直隶总督、北洋大臣”，集军政大权于一身。这就是史家所称的“张勋复辟”或“丁巳复辟”。

张勋一生效忠清室，常对人说：“我在前清受恩深重，君恩难忘。”他始终留着那条“意义深长”的辫子，而且见客时还要行前朝的跪拜大礼。

张勋不忘清室，导演了十一天的“丁巳复辟”丑剧，这已是尽人皆知事。但关于张勋的元配夫人曹琴屡谏其改弦易辙、拥护共和的史实，却鲜为人知。

曹琴端正贤淑、慷慨淳朴、乐善好施，不仅是张勋的贤内助，而且在政治上也比较开明，富有卓识。可惜张勋刚愎自用，没有把她的许多忠言听进去。

辛亥革命后，清政府被迫发布诏书，宣告宣统皇帝退位。而不少皇室成员并不甘心清朝的灭亡，无时不在梦想复辟。丁巳年上半年，身为长江巡阅使的张勋集合杨度、康有为、万绳栻等主张帝制的人，加紧复辟活动。曹琴觉察后，多次劝阻张勋："民国又没有亏待你们，也没有亏待清室人员，他们都已退位，你为何去死保，自讨苦吃呢？"对于这些顺应历史潮流的忠告，张勋或置之不理，或口是心非搪塞应付。据1918年上海文艺编译社出版的《复辟始末记》记载，张勋带领"辫子军"进入北京时，曹氏又随行入京劝谏。张勋与康有为在公馆常密谋到深夜，曹氏其时遣其子与婢仆执役于康前，名虽敬之，实则监听之。"及议竟，张勋退入内室，曹氏率其子女及张宠妾，跪于张前痛哭，求其即返徐州。"但遭张勋斥责。

曹氏知张勋之意无法逆转，于是私自派靠得住的堂侄张肇通，持三十万两银票，往广州拜访孙中山先生。一方面以此举支持国民革命，另一方面为张勋铤而走险的行为及子孙后代留条后路。

顾维钧的四位夫人

外交界耆宿顾维钧博士于1988年11月14日晚在美国纽约逝世，终年九十八岁。他是中国最资深的一位外交家，也是北洋政府时代的显要人物之一。

顾维钧出任阁员，是自1922年黎元洪总统任内开始的。是年春，黎先任顾为财政讨论委员会委员长。7月，颜惠庆内阁辞职，8月5日发表唐绍仪组阁令，由顾维钧出掌外交。从此，顾维钧宦海游弋，五十年始终位居要津。但是顾维钧一生婚姻一波三折，先后结过四次婚。

顾维钧是上海嘉定人，幼年遵父母之命，与乡人某医生之女订下婚约。1908年正在美国哥伦比亚大学求学的顾维钧，奉母命回乡完婚。结婚后新妇随顾赴美。因新妇不谙外语，更不习惯国外的生活，不久双方同意离异。

1912年，顾维钧在哥伦比亚大学获国际法学博士学位后回国。时唐绍仪为国务总理，对顾倍加赏识，向袁世凯极力推荐，被任为总统府秘书。凡袁世凯接见讲英语之外宾，皆由顾担任翻译。唐爱其才华，特以精通外语之长女与顾为婚。顾字少川，唐亦字少川，翁婿同名，一时传为佳话。

1915年，唐氏夫人随同顾维钧放洋。同年生育一子，即顾之长公子、现在美国年已古稀之顾德昌也。顾唐之间感情弥笃。唐不幸于1918年生育第二个孩子时患病去世。当时顾方而立之年，为孩子失去慈母深感悲伤。

1920年，顾维钧作为中国代表出席巴黎和会，并担任国际联盟行政理事。时号称“亚洲糖业大王”之华侨富商黄仲涵的夫人正因夫妻失和，携带次女蕙兰旅居英伦。经黄钟涵在法国之长女从中周旋，顾维钧与蕙兰在巴黎的宴会上相识。二人一见钟情，于10月21日在伦敦结婚。因翌日国联行政开幕，新郎新娘在日内瓦的卧车上度过新婚之夜。黄家豪富，陪嫁甚丰。顾维钧与这位珠光宝气、娇生惯养之夫人虽有格格不入之处，但她精通数国语言，能随顾周旋于国际间应付裕如。顾氏活跃政坛数十年，实得黄夫人一臂之助也。然而“清官难断家务事”，1956年他俩在美国竟效劳燕之分飞。黄蕙兰后来著有《没有不散的宴席》一书，讲述与顾维钧的一段姻缘。

顾维钧最后一位夫人是严幼韵女士。严幼韵毕业于上海复旦大学，当年亭亭玉立、婀娜多姿，是复旦大学的校花。1929年与外交官杨光结婚。1942年杨光因拒绝为日军募款而被杀害，严幼韵带着三个女儿坚强地生活。1959

年，严幼韵与顾维钧结婚。婚后两人琴瑟合鸣，相亲相爱。到顾维钧去世，两人一起生活了二十六年。

陈独秀的婚恋

陈独秀早年留学日本，是中国新文化运动的积极倡导者。1915后，他先后创办《新青年》、《每周评论》等刊物，被誉为“思想界之明星”。他参与并领导了“五四”运动，和李大钊等一起宣传马克思主义思想，探讨成立中国共产党等问题。在1921年中共“一大”会议上，陈独秀被选为中共中央总书记，此后便一直没有离开过中央领导岗位，直到大革命失败为止。但中间也有过一次误会，那就是1925年底，他曾一度神秘失踪，时间约两个月。当时中央焦急万分，后来证实只是一场婚外恋导致罢了。

陈独秀十八岁时由父母包办，在家乡和高晓岚结婚。高晓岚出身豪富家庭，长相也不错，但目不识丁，又裹一双小脚，和思想比较先进的陈独秀一直感情不和。辛亥革命后，陈独秀提出离婚，但没有结果。而高晓岚的同父异母妹妹高君曼，因长期和他们住在一起，又颇追求新潮，粗读诗书，逐渐和姐夫陈独秀自由恋爱起来。后二人同居，并生有一男一女，直到1925年两人才正式分居。此后，陈独秀另有红颜知己。与陈独秀关系十分密切的中央工作人员郑超麟说：陈独秀和女医生施芝英很要好，但施芝英已经结婚，和陈独秀幽会时，即住在郑超麟家中。就在这个时候，陈独秀却突然失踪了，四处寻找毫无踪迹。

当时，张国焘、瞿秋白、彭述之等认为陈独秀很可能是被上海的敌对势力暗杀了。张国焘竟哭着说："老头子本来可以做很大的官儿，没想到竟落到今天这个下场。"当时国内形势十分复杂，北方冯玉祥和张作霖展开直奉大战，南方国民政府内部斗争也日益尖锐。1926年初，共产国际电告中共中央，主张将总部迁到北京，不少难题有待解决。在这种情况下，总书记却突然不见了，真是群龙无首，束手无策。

正当中央不知所措，准备在北京召开紧急会议时，陈独秀却在上海出现了。来电称因病住了医院，由一女伴服侍，不久将出院恢复工作，有事可由秘书任作民前往联系。当大家知道陈独秀只是因搞婚外恋而失踪后，禁不住议论纷纷。但此女友究竟是谁，却始终是一个谜。

五十年后的1978年，有两个年轻人向有关方面反映，其外祖母施芝英于1973年病故前告诉他们，她就是当年陈独秀"失踪"时的婚外恋人。这正好和当时郑超麟所说的情况相吻合。他们是1926年3月分手的。

大革命失败后，陈独秀隐瞒自己的身份，和上海烟厂的青年女工潘兰珍结合。虽然两人年龄相差二十九岁，但感情尚好。直到陈独秀因托派案被捕入狱时，潘兰珍才知道丈夫原来是共产党的前总书记。她在监狱附近租了一间小屋居住，以便就近照顾陈独秀。陈独秀流寓四川时贫病交加，潘兰珍一直追随照顾，直至他去世。

胡适的婚姻

1904年1月，胡适十四岁，胡母按家乡的风俗习惯，为他订了一门亲事。未婚妻江冬秀是旌德县江村人，与胡适家相距四十里，比胡适大几个月，彼此均未见过面。

1917年7月，胡适结束了在美国的七年留学生活，回到上海。接着，他又回到安徽绩溪老家看望分别了十一年的老母。家人团聚，自有说不尽的天伦之乐。

回家之后，胡适还去看望了江冬秀。因传闻胡适在海外已有女朋友，江冬秀躲在里屋不肯出来，最后终未得见。一个月后，胡适便离开家乡，8月就任北京大学哲学系教授，兼教英文课。

虽未见面，胡适仍然从母亲处知道江冬秀在家履行儿媳“职责”的情况。胡适后来回忆说:“绩溪是个小地方，家家户户都是自己操作的。我的太太是山那边人，有田地，家里有用人，什么东西都不要自己动手。那时我在美国，还没有结婚，江冬秀每年都要到绩溪住几个月，像个童养媳一样。有一天在院子里扫地，一位亲戚问，为什么要自己扫地？她经这位亲戚一问，掉下眼泪来了，说这里全家大小都做事，我怎么好意思不做事。后来江家知道了，买了一个丫鬟给我母亲，意思是要替这位未来的媳妇做事，但我母亲仍旧要她做事。”

是年寒假，胡适奉母命回家完婚。12月30日举行文明婚礼，胡适穿的是西装礼服，戴礼帽，穿黑皮鞋；江冬秀穿花袄、花裙。两人相对，恭恭敬敬地行了三鞠躬礼。胡适还发表了一通演讲。新婚期，胡适写了几首白话诗，记闺房之情趣。其中一首是这样写的：

十三年没有见面的相思，于今完结，
把一桩桩的伤心旧事，从头细说，
你莫说你对不住我，
我也不说对不住你
——且牢牢记取这十二月三十夜的中天明月

可见，虽然他们有过一点误会，但话明气消，新婚蜜月期是相亲相爱的。

次年1月胡适返京，江冬秀仍留在老家侍奉胡母。

1918年夏，胡母怕儿子在外独居岑寂，即命江冬秀到北京陪伴。

从此以后，胡适夫妻生活在一起倒还美满幸福，然而情趣很不一样，一个是农村旧式妇女，一个是留学生洋博士新人物。尽管如此，但始终相爱，至老不渝。

郭沫若元配夫人张琼华

1912年，郭沫若由父母包办，与张琼华女士结婚。由于郭沫若对封建婚姻制度不满，婚后第五天便离家出走，赴成都读书。直至1939年父亲病重才回家探亲一次。

这期间，张琼华不断寄信给郭沫若，报告家中二老的情况，并对他表示深切的思念。郭沫若虽然由衷地感激，但因对她无爱情可言，所以从未回过信，至多在给父母和兄弟姐妹的信中带上一笔而已。比如1915年7月20日，郭沫若在给兄弟翊昌的信中说：

> 八嫂（张琼华）来函亦读悉，愿弟为我传语，道我无暇，不能另函，也不必另函，尚望好为我侍奉父母也。

张琼华没有辜负丈夫的嘱托，她操持家务，孝敬公婆，与姑嫂叔伯和睦相处，赢得全家的尊重和信赖。

郭沫若与安娜结合后，曾多次想写信与张琼华离婚。可是考虑到这样做，一会太伤父母的心，二会逼得张自杀，自己实在不愿担负这“杀戮无辜”的罪名，终于提笔又止。可怜的张琼华默默地苦度着难熬的岁月。

1932年春，郭母在弥留之际还放心不下这位贤惠的媳妇，留下遗言：“他日八儿（郭沫若）归来，必善视吾张氏媳，毋令失所。”

1939年，郭沫若听说父亲卧病在床已久，才决心告假探亲。回家后见老人由张琼华悉心侍奉，家中一切井然有序，尽管对张氏没有爱情，但仍当着父亲的面对她表示了感谢。

同年7月，郭沫若偕于立群，怀抱刚出生三个月的儿子汉英回家奔丧，他们受到张琼华的多方照顾。张琼华不仅让房子给他们住，而且在饮食方面给正在哺乳的于立群特殊照顾。

20世纪50年代以后，张琼华的一切生活费用全由郭沫若供给。郭在张琼华心目中是偶像，是无比重要的精神支柱。1978年郭沫若逝世，家人瞒着张琼华，深怕她发生意外。

1980年6月，这位慈祥而不幸的老人在人生舞台上度过了九十个春秋后，悄悄地告别了人世。

李宗仁钟情西山茶

笔者在故事片《血战台儿庄》中看到李宗仁细细品尝乳泉春（桂平西山茶）的镜头时，不禁感慨系之。李宗仁与桂平西山茶结下的不解之缘，距今已有八十多年的历史了。

1923年10月，李宗仁率部由玉林进驻桂平，赶走了陆云高，成为桂平的“主人”。他早就听说，离县城不远有座闻名全国的西山，山上有乳泉水泡制的西山茶。他驻守桂平已一月有余，还没有登山品尝过呢！

这天，李宗仁乘着秋高气爽，约了祖籍桂平的水上警察厅长郭凤岗一道游西山。也许是郭凤岗有意撮合李宗仁与郭德洁的婚事，便设法让李宗仁在当年孙中山曾驻足过的姚翁岩前的飞来石上与桂平城厢妙龄女子郭德洁相识，让他们一边品尝西山茶，一边倾谈。

当李宗仁先生品尝了乳泉水泡制的西山茶后，清香溢满舌尖，顿感心旷神怡，于是赞不绝口。更由于郭德洁对西山茶颇有研究，深得李宗仁赏识。郭德洁讲了一个故事：相传很久以前，有两位仙人来到桂平西山，在一块形似棋盘的石上下棋、喝茶。一樵夫遇见，观棋入迷。仙人便赏赠其三颗茶籽，谁知他失落在棋盘石旁，结果长出一簇簇碧绿苍翠的茶树，后人称之“棋盘石茶”。史书《浔州府志》载，桂平西山茶又称乳泉春、棋盘仙茗，为唐代高僧手植，是佛家经营的绿茶上品。它叶嫩条细，色翠汤清，具有味鲜、回甘、醇厚、滑口等特点。郭德洁还随口吟咏道：“香蔽高岭不是花，乳泉新煮绿春茶。闲来愿得杯常满，每倚亭台到日斜。”

李宗仁听得入了迷。他注视着眼前这位亭亭玉立的妙龄少女，只见她身穿金色镶边紧身衣，外套大红罗裙，如花似玉的粉脸，缀着一双宝玉般的慧眼，两颊绯红，如同初绽的桃花……她思维敏捷，颇有才情。因此，李宗仁不但钟情西山茶，更钟情这奇才女子郭德洁。

后来，李宗仁与郭德洁结为夫妇。战事稍闲，李宗仁便游西山、品仙茗。此后，李宗仁称桂平为自己的发迹之地，对这里有着特殊的感情。

李宗仁每日必饮茶，而且必是西山茶。无论行军作战到哪里，总也忘不了带上西山茶，并常以西山茶待客、赠友。为点缀名山，便于品茗赏景，李宗仁于1924年倡建飞阁一座于西山姚翁岩之上，南京国民党政府主席谭延闿题“飞阁”二字。

抗日战争的枪声打响之后，李宗仁率部北上抗日。在台儿庄战役前夕，李宗仁饮着夫人郭德洁寄去的西山茶，运筹帷幄，指挥了台儿庄战役，重创日本侵略者，给其嚣张气焰以沉重打击。

冯玉祥喜逢佳偶

冯玉祥原籍安徽巢县，1882年11月6日出身于河北青县兴集镇。他十四岁入练军当兵，六年后又投袁世凯组建的新军。

1921年，冯玉祥率北洋军第十六混成旅入陕作战。因战功卓著，其部扩编为十一师，冯玉祥任师长，不久又继任陕西督军。第二年，直奉混战爆发，冯玉祥又率部大破奉军，对整个战局的扭转起了重要作用。在与赵倜和鲍德全郑州血战中，他又大败赵部。此役结束，冯玉祥被任命为河南督军。到任后，他马上整饬军队，改编了两个补充团和一个学兵团，接着又将这三个团扩大为三个混成旅。他手中掌握着一个师三个混成旅的兵力，从此青云直上，成了北洋军中有影响的人物。恰在此时，冯玉祥的原配夫人因病去世，他遂成为名门闺秀追求的对象，做媒者挤破了门槛。

当时，控制北洋政府的大军阀曹锟想招冯玉祥为婿。

冯玉祥出身贫寒，为人正直，生活简朴，向来不攀权贵。因从不买曹锟的账，在当时腐败的官场中被人视为“怪人”。当时，冯玉祥不了解曹家小姐的人品、才华，所以迟迟未定。后来，曹家的千金闻知冯玉祥性格“异常”，生活过于清苦，也不愿意嫁给这位“布衣将军”，曹锟只得作罢。

冯玉祥择偶以德才为重，立志选一位同心同德、患难与共的伴侣，所以择偶非常慎重。凡来求婚者必须当面考问，亲自了解。一次，一位丽质小姐向冯玉祥求婚。冯玉祥严肃地问她：“你为什么想和我结婚？”那位千金小姐羞涩地小声回答：“因为你官大，和你结婚能成为官太太。”冯玉祥闻言摇头而去。另一位俏丽千金向冯玉祥求婚，冯玉祥又开门见山地问道：“你为啥向我求婚呢？”这位千金小姐细声细语地回答：“你是英雄，我爱慕英雄。”冯玉祥二话没说，摆手而退。

后来经人介绍，冯玉祥结识了李德全。初次见面时，冯玉祥仍直率地问：“你同我结婚的目的是什么？”李德全对冯玉祥的性格、人品、爱好早有所闻，她不卑不亢、不无幽默地回答：“乱世出英雄，也出恶魔，上帝怕你办坏事，派我来监督你。”李德全的回答出人意料，使冯玉祥大吃一惊。他敬佩地望了望端庄、文静、俊秀的李德全，点了点头，心想：这位女子出口不凡，才华出众，一定是胸怀大略的非等闲之辈。

冯玉祥与李德全经过一段时间的交往，相互多方了解，冯玉祥认为李德全聪颖好学、知识渊博、温顺善良、富有见识，是自己理想的伴侣；李德全认为冯玉祥智勇双全、生活简朴、为人正直、品德高尚，是自己的如意郎君。所以二人结为恩爱夫妻，相伴终生。

张作霖的“编外夫人”

这是一段鲜为人知的秘闻，一段近似荒唐的啼笑姻缘。“东北王”张作霖“选美”错点“鸳鸯谱”，竟然选中了一位瘸姑娘。堂堂张大帅为何偏要选一位瘸姑娘呢？说来很有趣。

那还是张大帅发迹之初，当二十七师师长的时候。按他当时的正式“编制”，除正房外，姨太太就有三房。可他的部下营长汤二虎亦有三房姨太太，他这个师长怎么能服气？

不过张大帅已非昔日绿林中人，而是有身份有地位的官员了，选什么样的女人做妾，是不能乱来的。有人帮他出主意，这次选美，可以由学校里选。这正合张将军的意。

这时的东北已刮起了东洋西洋风，开设了中国第一所女子中学。校长听说张大师长来学校选美，就将女学生集中在操场上。刹那间操场上环佩丁当，脂香阵阵，佳丽如云。张作霖在左右陪同下，转了一圈，觉得并没有出色的，忽然发现教室的窗户上映着一个头影，心里就来了气，疑心校方藏美不献。他朝窗子那边一指，吼道："那是谁家姑娘？如果有了主，我张作霖不做缺德事；没主嘛，就是我的人了！今天晚了，明天我来接人！"说罢，扬长而去。

等到花轿抬到家一看，张作霖傻眼了。这姑娘论面容、身材没说的，就是一副高低腿，他这才明白了校长的良苦用心。为了面子，他没把瘸姑娘送回娘家去，而是将她塞在一栋小楼里。别的姨太太房里有的，瘸姑娘也一应俱全。但直到他做"东北王"，也没在这里住过一夜。人们只知道张大帅有五房姨太太，却不知道五房之外还有个"编外夫人"。

可正是这位"编外夫人"，不仅影响了张作霖后半生的政治态度，还救过他的命呢！那是他做"东北王"不久，一天日本侵华司令部打来电话，要他去赴宴。在这之前发生过一件大事：张的手下郭松龄倒戈，张作霖向日本人求援才平息了这场叛乱。此次日本人召张赴宴，引起了瘸姑娘的怀疑，她认为此次赴的是"鸿门宴"，便赶紧叫来汤二虎，要他马上前往宴会，一旦日本人要大帅签字盖章，必须如此这般对付。汤二虎听得连连点头，然后拔腿追去。

汤二虎来到日军司令部，果然看到日军五六个头目围着张大帅，逼他在一个文件上签字、盖章。张作霖不管怎样还是个有气节的中国人，当然不愿签卖国条约，只好拖延时间，说："没印章怎行？"就在这时，汤二虎在门外大喊一声："大帅，您要印章吗？我给您带来啦！"边喊边往大堂上闯。他闯进大厅，掏枪往日军司令头上一抵，杀气腾腾地说："快将大帅送回大帅府，不然叫你小鬼子头上开花！"日本司令没办法，只好将张作霖送回大帅府。从此，张大帅对瘸姑娘另眼看待，曾想提一提她的身份，让她正式做自己的姨太太。瘸姑娘却说："名分、金钱、地位都是身外之物，如过眼烟云。我敬重大帅的民族气节，只要多为百姓着想，本姑娘就不白来世上一遭！"

张学良与于凤至联姻

张学良的结发夫人于凤至是一位聪明贤惠、通晓大义、决事果断的女性。多少年来，人们对地位悬殊的张、于两家的联姻颇多议论。据笔者所知，他们两人的婚姻其实是很偶然的。

于家祖籍在山东海阳县司马庄，祖上有人曾官至兵部司马。因年荒至东北，在吉林怀德县郑家屯落脚，靠破车起家，经营粮栈兼丝房的大买卖，字号叫“丰巨当”。为避风险，家室全部迁居怀德县大泉眼村。

于凤至1897年出生在大泉眼村。父亲于文斗是个开明的生意人，没有重男轻女的思想观念，所以他把于凤至和其他子女接到身边，设立学馆，请先生来教书。

当时东北很乱，有一股受沙俄操纵的蒙匪经常扰乱社会。1908年夏，奉天省督军徐世昌派当时奉天巡防营前路统领张作霖进驻洮南府，追剿这股蒙匪。张作霖来到郑家屯时，看到“丰巨当”粮栈院落整齐，就把他的临时剿匪指挥所设在这里。于文斗的生意也常受到蒙匪的骚扰，故对前来剿匪的“王师”特别欢迎，与张氏成了朋友，过从甚密。

一天，于文斗请来一位占卦先生，给子女们算命，并给每人写一份卦帖。刚算完卦，张作霖便进了门。闲谈时他无意中翻阅卦帖，指着其中一个卦帖问，这可是凤至的？于还未答，张又说，我手下有个人对阴阳八卦、麻衣神相无所不通，让他再核对一下，然后就把于凤至的卦帖拿走了。原来于凤至卦帖上的“凤命”引起了张氏的注意。张作霖很迷信，认为“将门虎子”与“凤命千金”是天作之合。他回去后又找下属认真地推算了一番，便下决心求这门亲事。不出三日，张便托粮栈张杏天掌柜提亲，张、于两家便由此联姻。于凤至读完私塾后，十七岁时由郑家屯出嫁，是年张学良年方十五岁。

于凤至知书明理、贤淑大度，渐渐赢得了张学良的敬重，两人举案齐眉，相敬如宾。因于凤至年长，张学良一向尊她为大姐。于氏家族中的人，在于凤至的推荐下，其兄于凤诏任奉天铁路稽查处处长，其侄儿任县长。1921年，于家老太太病故，张作霖派兵士护送，于凤至陪灵，从郑家屯送至大泉眼祖坟地，仪式十分隆重，备极哀荣。

赵四小姐忠贞情

张学良将军曾是中国现代史上的风云人物，自震惊中外的“西安事变”之后，即匿迹于政坛军界，过着与世隔绝的孤寂生活。几十年来，竭尽心力陪伴他、照顾他、给他宽慰欢乐者，乃赵四小姐也。

赵四小姐名赵一荻，又名绮霞。其父赵庆华在北洋政府时代曾官至交通次长，生有六男四女。按男女分别排行，女儿之中绮霞最小，排行第四，家里人常呼之为赵四。

赵四小姐的童少年时代是在天津度过的。当时的达官显要如张作霖、朱启钤（北洋政府代总理）、赵庆华等在天津均安有住所，同僚之间过从甚密，其子女间亦常聚会嬉戏。因此，张学良与绮霞相识，渐成密友，感情日益亲密起来。由于绮霞求学心切和对少帅爱慕情深，二人相约，秘密去沈阳北陵同居，绮霞并在此入大学深造。这就是当年轰动一时的“绮霞失踪”传闻。其时，张学良已同夫人于凤至结婚多年，并生有子女。为了家庭和睦，他向绮霞提出，没有夫人名义，对外国人称是自己的秘书，对中国人称为侍从小姐。绮霞遂有了秘书和赵四小姐的称谓。赵庆华对女儿此举异常震怒，随即于报端发表声明，与绮霞断绝父女关系。舆论压力亦属可畏，对此，绮霞毫不动摇，除努力学习之外，与张学良度过了一段美好的岁月。

1933年，张学良下野，去英国、意大利作军事考察，赵四小姐亦陪同前往，精心照料。“西安事变”前后，赵四小姐一直在西安陪伴张学良。在这个历史转折时刻，协助张将军做了不少事情。

1940年，照料张学良生活的于凤至夫人健康日差，遂出外就医。张学良提出要赵四小姐接替的要求获允。自此，赵四小姐与张学良相依为命，长期生活在一起。她竭尽全力给将军以安慰和照顾。凡张学良需要的，她都陪着做、跟着学，做到样样都会。张学良要用英语会话，她就学英语；张学良要打网球、排球，她就陪着对打；张学良要研究明史、写文章，她就为他购书、查找材料；张学良喜欢文物古玩，她就帮着采购、鉴定和收藏。

据说，赵四小姐胸前最常挂的一条精致项链上，有一粒红色的牙质心形链坠，内藏一张张学良的小像。她对将军的爱慕和忠诚可窥一斑。

张治中的“夫人作证”

张治中，字文白，安徽巢县人。两岁时，由父母做主，与洪女希厚（乳名小银子）“指腹为婚”。十九岁时与洪希厚正式完婚。

辛亥革命爆发后，张治中由南京到上海，参加学生军。后入武昌陆军军官第二预备学校，不久正式升入保定陆军军官学校。保定军校毕业后，张治中正式步入军界。进入黄埔军官学校执教、率入伍生总队参加平定刘杨叛乱的战斗后，张治中受到校长蒋介石的器重，三十几岁就跻身高级将领之列。

作为年轻将军之妻的洪希厚，其貌不扬，又没文化，还有一双放大了的小脚，周围人都认为他们很不般配。有的“好心”人还劝张“改组内阁”，重修婚谱。但张治中不为所动，与洪希厚恩爱如常。

1928年7月，张治中奉蒋介石电召，中止欧洲留学，经美国、日本返回上海，被任命为国民政府军事委员会军政厅厅长。旋调任中央陆军军官学校训练部主任，1929年5月，升任该校教育长（校长蒋介石兼），主持校务。

张治中上任不久，发现军校学员经常三五成群游荡秦淮河，逛妓院，宿春宫，灯红酒绿。为整饬校风，张治中决定召开军校全体学员大会，请夫人洪希厚登座。在会上，他指着貌不惊人、衣不压众的洪希厚高声对大家说："这就是我的夫人，她虽没有文化，但我爱她，结婚二十年了，我从没嫌弃过她。"讲到此，台下一片寂静。张顿了顿，接着又说："论军衔，我比你们高；论薪饷，我比你们多。可我从未寻花问柳，更没添房纳妾。这些，她可以作证。"

话音刚落，台下惊奇、叫绝之声不绝于耳。"夫人作证"一时在中央陆军军官学校被传为美谈。此后，该校学员的浪荡行为大有收敛。

张治中主持中央陆军军官军校十年，第六期至十四期学生均受其教育。1936年2月，张治中奉命兼任京沪区警备司令长官。9月，被授予陆军中将加上将衔。

从1909年与洪希厚结婚，到1969年逝世，张治中与夫人共同生活了整整六十年。他对夫人洪希厚忠贞不渝，始终如一。作为高级将领的张治中，与夫人终生厮守，情不二移，实属难得。

卫立煌的两任夫人

卫立煌，字俊如，于1892年2月16日生于安徽省合肥市东郊卫杨村。他十五岁从军，由孙中山先生的一名卫兵，发迹为国民党“五虎将”之一，曾任第一、二战区司令和中国远征军司令等职。在抗日战争中，因指挥忻口战役而扬名，侵华日军华北最高司令官香月清司称他是“支那虎将”。

1927年3月，卫立煌率十四师驻守镇江，师部占用了镇江崇实女子学校部分校舍。每日车马往来，官兵进出，吵吵嚷嚷，严重影响学生上课。加之，部分官兵乱拉、乱用、随意损坏学校用具，使学校师生十分气愤。时任该校校长的朱韵珩女士是个孤儿，自幼品行端正、聪明可爱，在亲友的帮助下发愤读书，毕业于美国登威尔大学。朱韵珩讲得一口流利的英语，在美国留学期间，与宋美龄女士结为好友。朱韵珩学成归国后，积极投身于教育事业。为了维护学校师生的利益，她愤然去找卫立煌。

朱校长见了卫立煌泰然自若、理直气壮，从教育兴国的重大意义讲到军民关系的重要性，讲得头头是道、有理有据。最后，她强烈要求卫立煌立即把部队撤出学校。卫立煌面对这位慷慨陈词的青年女子开始不以为然，但很快就被她说服了。他十分敬慕朱韵珩的学识和谈吐，当即道歉，表示立即另找住处，尽快撤离学校。第二天，部队就撤离了学校，并对损坏的物品照价赔偿。卫立煌为了表示歉意，还特意邀请朱校长共进午餐。朱韵珩对这次交涉出乎意料的顺利十分满意，同时，也对这位闻名沙场的战将产生敬慕之情，于是欣然接受邀请。从此，二人结下了不解之缘。

几天后，朱韵珩也备好饭菜，邀请卫立煌前来共餐，以表答谢之情。你来我往，谈天说地，彼此产生了爱慕之情。卫立煌已届而立之年，因忙于军务尚无妻室；朱韵珩年过花信，因忙于教育事业尚未婚配。经过一番交往，是年冬天二人结婚。

卫立煌幼年因家境衰败，只上过几年私塾，文化水平不高，从军后深感文化不足，立志苦学不辍。朱韵珩受过良好的现代教育，文化基础好，便主动帮助卫立煌学文化、学外语、学现代科学知识，使卫立煌进步很快。二人互相敬重，恩恩爱爱，1930年长女道蕴出生。

抗战初期，卫立煌任第一战区司令长官兼河南省主席，驻守洛阳，因形势紧迫，朱韵珩住在四川成都。1939

年10月，卫立煌突然接到朱韵珩病逝的噩耗，当即号啕大哭。他报请当局批准，立即赶回成都为爱妻料理丧事，以尽夫妻之情。

卫立煌的继配夫人韩权华女士原籍天津，出身名门。他们的结合，也有一段曲折的经历。

韩家先人早年在天津从事海运事业，拥有船舶百艘，往来于天津、营口、大连、烟台、龙口、宁波、上海、福州、潮州、汕头和隔海的台湾，以及朝鲜、日本各口岸，被称为“天成号韩家”，为天津富贾“八大家”之一。韩权华的曾祖父和祖父都曾在北京做过官。父亲韩伯鹏，名耀曾，为候补道，作过直隶总督荣禄的文案，民国初年在北洋政府国务院任咨议。韩权华有兄弟姐妹九人，她是七小姐。

1942年元旦，蒋介石和孔祥熙两家都在重庆邀请卫立煌聚餐，卫立煌竟选择了孔府之宴。原来他是借孔祥熙和宋霭龄夫妇之邀，趁机拜见当晚也去赴宴的孙夫人宋庆龄。因为在广东时期，卫立煌曾当过孙中山先生的卫兵，颇受宋庆龄的照顾。但为此遭到蒋的记恨，他的第一战区司令长官职务不久即被撤消。

此后卫立煌在成都闲居。经朋友介绍，他认识了韩权华女士。韩权华毕业于北京师范大学，20世纪30年代初到美国留学，专攻音乐史。后在赵元任创办的一所华侨学校里任教。

1943年，卫立煌复出，继陈诚之后在滇缅边境任远征军司令长官。其时，卫立煌和韩权华已鱼雁往来一年多了。1945年，韩权华回国，6月15日两人在昆明结婚。

卫立煌借住在翠湖东路上卢汉的一座别墅里，这里距西南联大很近。联大校长梅贻琦夫人是韩家五小姐咏华，卫立煌从此也与梅校长相往来。

佟麟阁的“模范夫人”

西北军著名爱国将领佟麟阁的夫人彭静智，以勤劳、简朴、贤德、孝翁尊姑闻名，被冯玉祥将军誉称为“模范夫人”。

彭静智，河北省高阳县八果庄人，出身于农民家庭，1907年与佟麟阁结婚。婚后不久，佟麟阁投笔从戎，到冯玉祥的部队当哨兵。彭静智在家抚育子女、孝敬公婆。她勤劳节俭、乐于助人，家里田里活计样样都行，乡亲们都夸她是个好媳妇。

佟麟阁入伍后，因好学耐劳、善于练兵带兵，得到冯玉祥的赏识，由哨兵旋为哨长，逐渐擢升，1925年已晋升为国民革命军第四师师长。这时，佟麟阁将彭静智接到部队。彭静智当了军官太太，仍然保持农家女子的风尚，克勤克俭，简衣节食，教养子女，照顾丈夫。她跟随佟麟阁南征北战，历尽艰辛。她响应冯玉祥的号召，纺纱织布，为将士做鞋、缝衣服，支援前防。时任国民革命军第二集团军总司令的冯玉祥称她是“模范夫人”，号召军官家属向佟夫人学习。北伐战争时期，佟麟阁率十一师由陕西东出潼关，进入河南，攻占洛阳、孟津后，在黑石关与奉军展开激战。因敌军封锁，交通受阻，军饷不济，严重影响到了战事的进展。彭静智不惧艰险，化装成村妇，机智勇敢地穿越敌军封锁线，把军饷及时送到前线，解决了军队急需，赢得了战斗的胜利。因此，她深受将士的敬佩。

佟麟阁任高级将领后，依然过着粗茶淡饭的平民生活。1932年10月，冯玉祥将军为了抗日，由山东泰安到张家口找佟麟阁，磋商组织抗日同盟军事宜。当时佟麟阁代察哈尔省主席兼张家口警备司令，对冯玉祥将军的爱国行动积极支持。彭静智十分了解冯玉祥，便以小米面窝窝头、大萝卜咸菜招待。冯玉祥吃得十分香甜，高兴地说：“你们做了大官，还不失农民本色，难能可贵。”

后来，彭静智把年老的公婆接到身边奉养，既尽儿媳孝敬之情，又免得佟麟阁为二老挂心。佟麟阁常对子女说：“我事业成就，一半归功于你们的母亲。”他还把夫人的贤德撰拟成词，刻于手镯，赠予夫人：

> 瑞卿夫人，随我廿年，戎马颠簸，历尽艰危。含辛茹苦，风雨同舟。尊老育幼，克勤克俭。镌此数语，以志不忘。

“七七”事变时，佟麟阁将军指挥陆军第二十九军坚持抗战，喋血南苑，壮烈殉国。彭静智怕公婆经受不住打击，一直隐瞒佟将军牺牲之事。时间久了，二老每日倚门望归，彭静智乃以佟将军之名，伪拟家书，念给公婆听，以释其悬念。

吉鸿昌拜妻为师

吉鸿昌是我国著名的爱国将领，他治军有方，享有威名。在生活中，他是一位贤德的丈夫。他诚心拜妻子胡学英为师，在军中传为美谈。

胡学英，兰州女子师范毕业，文静善良，多才多艺，诗、书、琴、画样样精通。她受进步老师的影响，喜欢阅读革命书籍，提倡妇女解放，反对妇女缠足及买卖婚姻。

1926年，吉鸿昌率军驻防兰州，戎马倥偬，三十一岁尚无妻室。吉军军纪严整，吉鸿昌又常做一些兴利除弊、为国为民的好事，受到社会各界的赞赏。当时芳龄二十二岁、待字闺中的胡学英对吉鸿昌早有所闻，对他十分倾慕。后经人介绍，二人相识。经过一段时间互助了解，双方都很满意，不久结为恩爱夫妻。婚后，胡学英改名为胡红霞。

吉鸿昌幼年失学，常苦于知识不足，军务之暇自学不辍。他对妻子胡红霞的才学十分钦佩，决心拜妻子为师，学习古文、诗词、书法和音乐。开始，胡红霞连称不敢当，后来见吉鸿昌态度十分诚恳，便自认为师了。有一天，胡红霞进屋，见吉鸿昌正伏案苦学，暗自嫣然一笑，装出一副严师的样子说：“孺子可教也！”吉鸿昌也以小学生的样子说：“学生不才，承蒙恩师栽培！”胡红霞走到跟前，认真地看着吉鸿昌写的文章说：“你进步很快呀！”吉鸿昌开心地说：“若要会，跟着师傅睡，学生与恩师同床共枕，随时点化，何愁顽石不开！”胡红霞亲昵地捶了吉鸿昌一下说：“又瞎扯了，再多嘴我不教你了。”吉鸿昌忙说：“学生不敢了，老师宽恕。”说罢，两人相视哈哈大笑。

有一天，吉鸿昌的勤务兵交给胡红霞一封信，发信地址是兰州，字迹似吉鸿昌所写。胡红霞心中纳闷，拆开一看，果然是吉鸿昌写给自己的。信中汇报了他的学习收获，并表达了对她的思念和感激之情，建议今后经常通信，通过写信交流感情，提高写作水平。胡红霞立即写了回信，同意吉鸿昌的建议，并赞扬了他刻苦自学的精神，同时也表达了自己对丈夫的敬佩和牵挂之情。从此，两人无论生活在一起，还是暂时分离，都书信往来不断。写信成了他们夫妻之间交流感情，互相勉励，甚至说悄悄话的重要方式。同居一室，朝夕相见，而书信往来不绝，这成为吉鸿昌亲朋好友中的又一美谈。

胡红霞认真细致地教，吉鸿昌一丝不苟地学，他的文化水平有了很大提高，夫妻感情也日渐深厚。“九一八”

事变后，吉鸿昌主张团结抗日，1933年与冯玉祥将军在张家口高举抗日大旗，组织抗日同盟军，英勇杀敌。

1944年11月，吉鸿昌在北平壮烈牺牲，胡红霞闻讯痛不欲生。在入殓遗体时，胡红霞发现吉鸿昌贴身的小褂口袋里有张字条，写道：“不要告诉我太太知道。不要厚殓。”胡红霞看着吉鸿昌熟悉的笔迹，顿时昏厥过去。

韩复榘与“才女”高艺珍

韩复榘是河北省坝县人，自幼家贫。少年读书虽刻苦用功，但天资欠佳，学无成。参军后，当了北洋陆军一名士兵。1910年参加冯玉祥等人发动的滦州起义有功，当上团长，此后又升迁旅长、师长。至1927年，韩复榘加入国民革命军第二集团军，当上了第六军军长兼第三方面军总指挥，是冯玉祥麾下的“五虎上将”之一。

当年，韩复榘的部队驻扎在天津杨柳青。杨柳青与他的家乡坝县相去很近，他驻扎此地，可谓“衣锦荣归”，其姻缘所成也在此时。

当时古文家高步瀛是当地屈指可数的大儒，也是坝县的大绅士。韩衣锦还乡时，有人向韩和高建议：韩总指挥今任要职，宜续弦以得贤内助。高老先生的千金小姐当为韩最合适的配偶。高先生的爱女名叫高艺珍，平日秉承家训，有良好之家教，是位才女。只因高女择婚甚苛，已到二十八九岁尚未出嫁。好事者这么一说，真是英雄配美人了，韩复榘当然很高兴，高先生也慨然应允。很快，韩、高结为秦晋。高艺珍虽为才女，天赋亦佳，但对古文的兴趣并不浓，而对北方流行的弹词书《再生缘》、《锦上花》、《天雨花》无比喜爱。

后来韩复榘开庭审案，大部分皆由夫人枕边提示。结婚不久，韩复榘做了河南省主席，继而又被选为国民政府委员。这期间，高艺珍不断教他多投权门拉关系，多巴结宋子文、孔祥熙等权要，与老上司冯玉祥划清界限。此策果然奏效，蒋介石将韩复榘调任山东省主席，让他占了块好地盘。

韩复榘官运亨通，对高艺珍更是言听计从，奉夫人为最高秘书长，连官员任免也事先征求夫人意见。也可以说，韩氏的施政决策，决定权操在高艺珍手中。高艺珍的唯一希望是把丈夫调教成弹词书中那样的“英雄”和“清官”。韩氏在山东被恭维成“韩青天”，自然多半是夫人枕边陶冶之功。

抗战初期，韩复榘因丢失国土、贻误军情被处决。照理，他家搜刮来的财产理应归公，可是高艺珍本事很大，她戴孝前往收尸时，跑到冯玉祥那里长跪不起，一把鼻涕一把泪地哭诉她一个未亡人带五个儿女无以为生的困苦。冯玉祥那时是军委会副委员长兼华北战区总司令，权位仅在蒋介石之下。他见高艺珍凄凄惶惶，于心不忍，尽管韩复榘在“中原大战”中倒过自己的戈，但毕竟还是自己的下级。冯玉祥叫高艺珍不必担心，财产全部归她。于是，高艺珍把全部家产辗转运到香港，后来她也避居香港。

陶成章与孙晓云的婚恋

陶成章，浙江绍兴陶堰人，系光复会主要领导人之一。周恩来称他为“浙江革命党魁”，鲁迅誉之为“革命的真正实行家”，孙中山赞他“对革命有巨功”。陶成章与夫人孙晓云的一段十分奇特的婚恋，则鲜为人知。

孙晓云，浙江上虞崧厦人，系辛亥革命时期的女革命志士。因不满封建包办婚姻，毅然离家出走。在上海的十里洋场，她先后认识了尹锐志、蔡元培、陈其美等革命人士。

陶成章在蔡元培的资助下，于1902年8月东渡日本。同年10月，孙晓云在陈其美的帮助下，亦赴日本求学。随之，她结识了龚宝铨等留日学生中的骨干人物。之后，她又通过龚宝铨的介绍，认识了陶成章。

1905年8月，同盟会在东京成立，使孙晓云有缘与孙中山等同盟会领导人相识。不久，她参加了同盟会，并担任该会总部的联络工作。1907年1月，陶成章也加入了同盟会。

没多久，他担任了同盟会机关报《民报》的主编，兼任同盟会浙江主盟人。这为陶成章与孙晓云之间互相了解提供了便利条件。

1908年夏，光复会和同盟会的一些人在革命斗争策略和南洋募款问题上发生了龃龉，加之汪精卫以及一些保皇党人从中挑拨，他们之间的矛盾有扩大之势。陈其美原对陶成章有成见，这时竟错误地认为陶成章要独树一帜，与同盟会分庭抗礼，于是想方设法要控制住陶成章。经过一番精心的谋划，陈其美等决定派孙晓云去陶成章身边执行这一任务。就这样，孙晓云先加入了光复会，继而住进东京光复会的机关所在地，以监视陶成章的行动。

孙晓云在与陶成章接触的过程中渐渐发现，陶成章不但对革命事业赤胆忠诚，对同志真心实意，而且学识渊博，生活俭朴，不谋私利。陶成章高尚的情操和非凡的人格魅力深深地打动了她，于是改变了对陶成章的看法。孙晓云遂改变了陈其美定的行动计划，转向了相反的方向——尽量沟通光复会和同盟会两者之间的联系，常向两会成员作说服和解释工作，以促使双方尽快停止相互攻击，重新团结合作。

经过一段时间的反复观察和思考，孙晓云终于决定：不仅要在政治上赞同陶成章的革命主张，支持陶成章所从事的革命活动，而且以身相许，作陶成章的终身伴侣。

陶成章和孙晓云于1909年在东京结婚，他们的证婚人是陶成章的好友、同乡周树人（鲁迅）。婚后，夫妻感情弥笃，夫唱妇随。1911年5月，陶成章与孙晓云的爱子陶珍于东京出生。

陶成章与孙晓云结成伉俪之后，陈其美等人控制陶成章的图谋落空，不免恼羞成怒。后来，陶成章被刺殒命于上海广慈医院，孙晓云携幼子陶珍隐姓埋名亡命上海滩。

烈妇曹庄

1989年是同盟会首义烈士刘道一的夫人曹庄女士去世八十周年。昔时闻烈妇事迹，尝不胜感慨，潸然落泪。今将所闻记录于此，以资纪念。

曹庄女士，湖南长沙人，处士曹祖尧之女，自幼受诗礼之训，性格开朗而刚强。稍长，就读于周南女校。适刘道一在长沙修业学堂读书。在反清秘密活动中，二人相识，情意日笃，终成伉俪。夫妻恩爱，窗前灯下常一同探讨反清救国之道。曹庄善良贤淑，又善女工，深得翁姑喜爱，妯娌间亦十分和睦。

1904年，长沙起义失败，刘道一随兄揆一东渡日本留学，继续从事革命活动。曹庄深明大义，变卖自己的环钗首饰，以补其川资。此后，夫妻异地而心心相印，飞鸿不断，相互勉励。刘道一尝在信中以鉴湖女侠秋瑾为范例，以“国家兴亡，匹夫有责，妇女也是革命力量”等语鼓励妻子努力求学。曹庄不负夫望，重返周南女校读书，极其刻苦，且以反清宣传为己任。

1906年秋，刘道一受同盟会东京本部派遣，回湖南组织武装起义。夫妻重逢，曹庄不避危险，全力协助刘道一。刘道一被俘后，她又四方奔走营救。斯年12月31日，刘道一壮烈牺牲于长沙浏阳门外，刘母收尸扶棺归葬于湘潭狮子山。家人知曹庄深爱道一，为防不测，秘不以闻。其嫂黄自珍曾有诗记其事云：

尸舆拼入草堂中，婶尚金钱卜吉凶。

不料曹庄与夫心神相通，一夕忽梦夫已大去，旦而质问诸嫂，嫂不能隐，只得告之以实情。曹庄闻后一恸而绝，愈时方苏，掩面长号，泪如泉涌，欲一死以殉夫。幸得翁姑妯娌轮流劝慰、日夜防范，而终有转意，许以守节，承继夫志，侍奉双亲。曹庄至孝，每闻翁姑哭声便强忍泪水，勉装笑脸，登堂劝慰。然而话未出口，自己却先大放悲声。

刘揆一夫妇为使弟媳节哀，以己子立为弟嗣，曹庄亦很同意。然而夫仇未报，隐痛在心，悲愤之情，无可遏抑。她常常一个人躲在幽室里，伴着如豆的孤灯，哀哀哭泣。1909年2月5日，曹庄终因悲伤过度而结束了年轻的生命。其嫂黄自珍哭弟媳诗曰：

家家爆竹颂元日，正是娥媚死幽室。

曹庄死后，与刘道一同葬一处。民国元年，二人遗骨合葬于长沙岳麓山爱晚亭畔。墓碑为谭延闿所题，上书：“刘道一烈士、曹庄烈妇之墓”。据说该墓至今保存完好，景仰祭奠者常年不断。

代后记

——我所认识的周简段先生

老报人周简段先生，曾是我的同事，因长我十多岁，而且知识渊博、采编经验丰富，所以我一直把他奉若长辈。

周简段先生是个“老北京”，青少年时代在北京读书、工作、生活，对北京的名人轶事、名胜古迹、文物珍宝、文史掌故、艺苑趣闻，以及民情风俗都了如指掌。他曾和我谈起早年间与张恨水一起办报的时候，常常逛天桥，游故宫，访名胜；还谈到抗战末期到香港去办《星岛日报》；当闻讯共和国诞生，欣喜若狂，马上回到祖国的怀抱，返回朝夕思念的北京，又干起了轻车熟路的老本行——新闻工作。孰料，1957年反右时他被打成“右派”，“文化大革命”中，他又蹲了“牛棚”。凭着一个老知识分子的一颗正直、善良、爱国的心，他总是充满信心地说：“祖国将来肯定会繁荣富强的！”

1976年以后，周先生到香港去继承遗产，便在那里定居了。从1980年1月起，他在香港《华侨日报》副刊开辟了“京华感旧录”专栏，每日一篇，千字左右，一直到1992年该报易主改版方罢。一人主持一个专栏能持续十多年不辍，这在中外新闻史上实属罕见。

中间，他经常回北京，每次见面，我们总是畅饮畅聊。他拿出香港报刊对他文章的评介给我看：有的报章称赞他“知识渊博，文笔优美，是写老北京的权威”；有的刊物评介他“以古都北京为经，短小精炼的文字为纬，系统地缕述京华旧日，细说当年，使昔日事像重现读者眼前，又具探源究始之功，兼且披露不少鲜为人知的重要史事，对保存历史文化贡献殊大”；还说，读了周先生的文章，“备觉亲切，似与周氏把臂遨游，细诉从前，令人低徊不已”。

他还拿出不少读者的来信。尤其是三四十年代著名明星夏霞女士在读了他写的《夏霞演〈人之初〉》之后，给他写的一封上千字热情洋溢的信，对文章中提到她结婚四十周年的纪念照非常感动。信中说：“由于这段旧闻，把我的思潮又带回四十年前的上海去了。”接着她回顾了20世纪40年代演《赛金花》和《人之初》话剧的详细情况。最后她感慨地写道：“人年纪大起来，总喜欢怀旧、回忆，如果能找个对象谈谈往事，温温旧梦，实在是人生一大乐事。”另外，周先生的不少文章，如《宋哲元及其大刀队》《抗战殉国的张自忠将军》等，被马来西亚、新加坡、美国以及中国台湾等国家和地区的报纸转载，在华人中影响很大。

周先生的专栏文章，1986年曾由香港南粤出版社结集出版，书名《京华感旧录》，由溥杰先生题签，梁漱溟先生作序，分《艺文篇》《风土篇》《人情篇》《掌故篇》和《名胜篇》五卷，附历史照片多帧，印刷精美，弥足珍贵。书中文章短小精练，兴味盎然，于茶余饭后，品读一番，实是美不胜收的艺术享受。该书成为当时香港十大畅销书之一，周先生由此一跃成为香港著名的文史作家。

此后，周先生越写思路越宽，逐渐取材已不限于京城一隅，而是遍及神州大地。内容也不再是单纯的感旧，而是忆旧述新，加上一些现实的见闻和感受，使台、港、澳和海外读者更感亲切和感慨。

1992年，北京的华文出版社要将周先生十几年的专栏文章辑录成书，周先生找我来选编。因全部文章有4000篇之多，我只好精选一下，分成六卷出版，定名“神州轶闻录”。请冰心先生写了总序，请萧乾、季羡林、侯仁之、胡絜青、于若木诸先生为各分册作序，封面请启功先生题签。

书出版后，社会效益颇佳。《文汇报》《新闻出版报》《人民政协报》《中国艺术报》等竞相转载其中的文章，影响愈大。周先生也接到大量读者来信，有赞扬，有鼓励，更多的是希望周先生笔耕不辍，给读者更多的精神食粮。此后，周先生又先后以周彬、周续端、司马庵等笔名在香港的《大公报》开辟了“神州拾趣”专栏，在《港人日报》开辟了“京华内外”专栏，在台湾的《世界论坛报》开辟了“神州感旧”专栏等。

1997年香港回归，周先生更是精神振奋，壮心不已，笔耕愈勤。先生之作与日俱增，影响愈大。今将其二十多年来之全部著作，重新进行分类精选，按十卷出版，书名分别为《字里乾坤》《朝野遗事》《民俗话旧》《文坛忆往》《大戏台》《画坛旧事》《故都文化趣闻》《美食妙谈》《名胜游记》《武林拾趣》。除保留冰心、萧乾、季羡林、胡絜青、侯仁之和于若木诸先生的序文外，又请了著名作家钱世明、赵云声、昌沧、书画家米景扬、民俗学家成善卿等先生分别为新增书作序。从整体看，比之前的版本更全面地展现了周先生二十多年来文史专栏写作的成绩。从内容看，蕴涵的民族韵味和时代精神更丰富、更有深度。

《神州轶闻录》中的文章，虽然篇幅不长，内容也都是轶闻琐事，看似细碎平淡，然皆韵味悠长。现在引当代哲人季羡林先生在原《文化篇》序言中的一段话作为本文的结尾吧：

“哲学家们常说：于一滴水中见大海，于一粒沙中见宇宙。难道在我们这些小的文章中不能见到大的文化吗？所有这些戏曲、文玩、学府逸事等等，又哪一个与文化无关呢？只不过在这里谈文化，不是峨冠博带，威仪俨然，不是高头讲章，而是涉笔成趣，理路天成，于琐细中见精神，微末处见全面，让你读了以后，如食橄榄，回味无穷，陶冶性灵，增长见识。”

冯大彪

2017年6月修订于北京

图书在版编目（CIP）数据

朝野遗事／周简段著．--北京：新星出版社，2017.7

（神州轶闻录）ISBN 978-7-5133-2641-4

Ⅰ.①朝…　Ⅱ.①周…　Ⅲ.①随笔－作品集－中国－当代　Ⅳ.①I267.1

中国版本图书馆CIP数据核字（2017）第129008号

朝野遗事

周简段　著

冯大彪　主编

责任编辑：简以宁
特约编辑：曹　煜
责任印制：李珊珊
装帧设计：几木艺创

出版发行：新星出版社
出 版 人：谢　刚
社　　址：北京市西城区车公庄大街丙3号楼　100044
网　　址：www.newstarpress.com
电　　话：010－88310888
传　　真：010－65270449
法律顾问：北京市大成律师事务所

读者服务：010－88310811　service@newstarpress.com
邮购地址：北京市西城区车公庄大街丙3号楼　100044

印　　刷：三河市兴达印务有限公司
开　　本：787mm×1092mm　1/32
印　　张：11.5
字　　数：215千字
版　　次：2017年7月第一版　2017年7月第一次印刷
书　　号：ISBN 978-7-5133-2641-4
定　　价：32.00元
